하카타 톤코츠
HAKATA TONKOTSU RAMENS
라멘즈 5

시구식

"피에로가 있어."

남자애가 말했다. 소년은 엄마와 여동생과 셋이서 주차장에 세워진 자가용차에 타려는 순간 기묘한 복장을 입은 남자를 발견했다.

떠들썩했던 축제장에서 벗어났는데도 엄마는 어린 여동생을 챙기느라 여념이 없는 듯했다. 크레페를 먹다가 더러워진 여동생의 입가를 정성껏 닦아주고 있다. 이쪽에는 눈길조차 주지 않는다.

꼭 오늘만 그런 것은 아니었다. 엄마는 늘 여동생만 챙겨주었다. 소년은 기분이 썩 좋지 않았다. 뒷좌석에 앉아 지루해하며 차창 밖을 바라보고 있는데 시야 한구석에 붉은 실루엣이 언뜻 비쳤다.

붉은 모자에 화려한 옷차림. 하얗게 칠한 얼굴. 둥근 코. ……그야말로 피에로였다.

"엄마, 피에로가 있다니까."

남자애가 다시금 엄마에게 말했다.

광대 복장을 한 그 남자는 주차장을 지나 좁은 골목으로 사라졌다. 어둠 속으로 빨려들듯이.

"피에로?"

비로소 엄마가 반응을 보였다. 그러나 여전히 여동생을 쳐다보고 있었다. 여동생이 크레페를 먹고 있는 모습을 폴라로이드 카메라로 찍으려고 하고 있다.

"저기, 저기 말이야."

남자애가 오른손으로 차창 밖을 가리켰다. 왼손에는 돌아오는 길에 사달라고 조른 사과맛 사탕이 쥐어져 있다.

엄마가 차창 밖을 힐끔 쳐다봤다.

"없잖아. 잘 못 본 거 아냐?"

엄마가 의아해하며 어깨를 들먹였다.

거짓말을 해서 관심을 끌어보려는 어린애의 허언이겠지. 엄마의 말투에는 그런 뉘앙스가 담겨 있었다.

"있었다고."

남자애가 부아가 치밀어 목소리를 높이자 엄마가 성가

신 표정을 지었다.

거짓말 아냐. 진짜 봤다고, 피에로를.

왜 엄마는 알아주지 않는 걸까? 남자애의 마음속에서 불만이 커지기 시작했다.

"아, 맞아. 축제장이니 피에로가 있을지도 모르겠네. 혹시 무대로 나간 거 아냐?"

엄마가 건성으로 대답했다.

불만이 점점 커져 간다.

바로 그때 세 살 어린 여동생이 칭얼대기 시작했다. 쉬가 마렵다며 당장에라도 울음을 터뜨릴 것 같은 표정을 지었다. 막 출발하려던 차여서 엄마도 "빨리 좀 말하지" 하고 인상을 찌푸렸다.

"화장실에 잠깐 다녀올 테니까 여기서 기다리고 있으렴."

엄마가 차에서 내리면서 신신당부했다.

어머니는 여동생을 안고서 멀어져 갔다.

차 안에 홀로 남겨진 남자애는 지루해서 견딜 수가 없었다.

그 붉은 옷을 입은 남자의 모습이 문득 머릿속을 스쳤다. 아까 그 피에로는 어디로 갔을까?

순수한 호기심이 남자애의 몸을 움직이게 했다. 소년은 뒷좌석에 방치된 폴라로이드 카메라를 한 손에 들고서 차에서 내렸다. 여동생의 사진을 모아서 성장 앨범을 만들고자 열성인 엄마의 소지품이다. 엄마는 늘 함부로 만지지 말라고 했지만, 지금은 깜빡하고 차 안에 놔둔 채 가버렸다. 소년의 머릿속에는 이 카메라로 피에로를 찍을 생각만 가득했다.

사진을 찍으면 엄마도 인정할 수밖에 없겠지. 피에로가 정말로 있었다는 것을. 그리고 자신이 거짓말을 하지 않았다는 것을.

소년의 발걸음이 자연스럽게 붉은 실루엣이 사라진 쪽으로 향했다.

그곳은 인적이 없는 골목이었다. 그 끝에는 작은 공터가 있었고 그곳에 검은 차량이 세워져 있었다.

소년은 발걸음을 멈췄다.

……있어.

피에로다.

공터 앞에 그 피에로가 서 있었다. 붉은 모자에 붉은 복장. 어둠 속에서 가로등만이 그를 비추고 있었다. 그 모습은 마치 무대 위에서 스포트라이트를 한 몸에 받고 있는 것처럼 보였다.

……빨리 찍자.

소년은 곧바로 카메라를 들었다. 한쪽 눈으로 렌즈를 들여다본다. 작고 동그란 시야 안에서 피에로가 춤을 추듯 돌아다녔다. 자세히 보니 두 손에 무언가가 쥐어져 있다. 곡예 도구다. 그걸 능숙하게 돌리면서 깔깔 웃고 있다.

공터에는 피에로 말고도 남자 셋이 더 있었다. 모두 피에로와 마주 보고 있다. 관객인가?

소년이 셔터를 언제 누를지 타이밍을 재고 있을 때, 느닷없이 피에로가 움직였다. 그와 동시에 남자들이 아우성치기 시작했다.

피에로가 그들을 습격했다.

피에로는 옅은 웃음을 띠며 들고 있던 둔기로 남자들을 잇달아 후렸다. 그러고는 허겁지겁 도망치려는 남자들을 향해 번쩍 빛나는 무언가를 던졌다. ……작은 나이프였다.

나이프가 아킬레스건에 꽂히면서 남자들이 풀밭 위에 쓰러졌다.

피에로는 꼼짝도 못하고 엎어진 남자들을 웃으면서 때렸다.

소년은 아직 어렸지만 무슨 일이 벌어지고 있는지 알아차렸다.

……피에로가 사람을 죽이고 있어.

소년의 눈에는 그 피에로가 사람이 아닌 정체 모를 괴물처럼 비쳤다.

이상한 광경을 목도하고는 얼어버렸다. 발이 떨어지지 않는다. 몸이 떨린다. 그러다가 무심코 검지에 힘이 들어가 카메라 셔터를 눌러버렸다. 플래시가 터지면서 눈부신 빛이 순간 전방에 뿌려졌다.

피에로가 소년의 존재를 알아차렸다. 으스스하게 화장을 한 하얀 얼굴이 휙 돌아가더니 소년을 물끄러미 쳐다보았다.

폴라로이드 카메라가 막 찍은 사진을 토해낸다.

"……야."

불현듯 목소리가 들렸다.

바로 코앞에 피에로의 하얀 얼굴이 있었다.

소년은 소스라치게 놀라며 몸을 움츠렸다. 카메라가 땅바닥에 떨어졌다. 무언가가 깨진 것 같은 소리가 들렸다.

"……너, 누구?"

피를 뒤집어쓴 피에로가 긴 몸을 굽혀서 소년을 물끄러미 쳐다본다. 소년은 그 자리에서 당장 도망치고자 발걸음을 돌렸다.

뒤에서 붉은 팔이 쭉 뻗어나왔다.

1회 초

 9월이 중순으로 접어들었다. 늦더위가 기승을 부렸던 후쿠오카 지방의 날씨가 점점 쾌적해졌다. 덥지도 춥지도 않은 기후와 맑은 공기. 머리 위에는 구름 한 점 없는 청명한 가을 하늘이 펼쳐져 있었다.
 사회인 야구를 하기에 딱 좋은 계절이다.
 오늘은 매주 찾아오는 연습일이다. 라멘즈는 시내에 있는 공공 운동장을 빌렸다. 맨 먼저 운동장에 도착한 사람은 반바 젠지와 린시안밍, 2루수와 유격수 콤비다.
 "······뭐야? 아무도 없잖아."
 휑뎅그렁한 운동장을 둘러보며 린이 말했다.
 "1등이네."

두 사람은 벤치에 짐을 올렸다. 그러고는 준비운동으로 어깨를 데운 뒤에 캐치볼을 시작했다. 다른 멤버가 오기 전까지 시간을 보내기 위해서다.

"녀석들, 너무 늦잖아. 시합이 없다고 정신이 너무 썩어 빠진 거 아냐?"

"뭐, 말이 좀 심하네. 단순히 길이 막혀서 그런지도 모르잖아."

이윽고 연습복을 입은 돈코츠 나인이 속속 나타났다. 중견수인 에노키다와 투수인 사이토, 1루수인 마르티네스. 아무래도 두 사람 모두 마르티네스의 차를 함께 타고 온 모양이다.

"어라? 너희들만 있어? 딴 사람은?"

에노키다가 벤치에 앉으며 물었다.

"아직 안 왔어."

이제 남은 멤버는 포수인 시게마츠와 3루수인 사에키, 외야수인 야마토와 지로다. 그리고 감독인 겐조.

"맞다."

마르티네스가 끼어들었다.

"지로 녀석은 오늘 못 와."

"어라? 일이야?"

사이토를 제외한 돈코츠 나인은 모두 뒷세계에서 일하

고 있다. 언제 급한 의뢰가 들어올지 알 수가 없다.

"아니, 내일이 미사키네 학교의 수업참관일이야. 수업시간 때 쓸 작문 숙제를 아직 못 끝냈다나 봐."

"작문?"

"어."

마르티네스가 고개를 끄덕였다.

"'장래의 꿈'을 주제로 글을 지어야 한다는군."

* * *

장래의 꿈

타나카 미사키

제 아버지의 이름은 지로입니다. 제 아버지는 아빠이기도 하고, 엄마이기도 합니다. 그래서 전 지로 짱이라고 부릅니다.

지로 짱의 일은 복수대행업자입니다. 복수대행업자는 남을 대신해 복수를 합니다. 나쁜 사람을 때리거나, 죽이기도 합니다.

지로 짱은 언제나 고객을 위해서 열심히 일합니다. 아주 멋있습니다. 전 그런 지로 짱이 좋습니다. 그래서 저도 지로 짱 같은 복수대행업자가 되고 싶습니다. 사람을 때리거나, 죽여서 수많은 고객들의 마음을 구해주고 싶습니다.

"어머, 미사키, 너……!"

겨우 다 지은 작문 숙제를 다 읽고서 지로는 감격에 겨워하며 눈시울을 훔치며 몸을 떨었다. 그러고는 미사키의 뺨에 입을 맞춘다. 쭈웁, 하는 추잡한 소리가 났다.

"나, 감동했어. 넌 정말 착한 아이야."

반대쪽 뺨에도 쭈웁, 하고 입맞춤을 한 지로의 얼굴에서 웃음기가 싹 사라졌다.

"하지만 이건 안 돼. 완전 아웃. 다시 써."

"에엥~."

새로 맞춘 공부용 책상 앞에서 미사키가 입을 삐죽 내민다.

"뭐가 에엥이니? 안 되는 게 당연하지. 이런 걸 학교 선생님한테 제출했다가는 아동상담소 직원이 달려와서 좋아하는 지로 짱을 경찰서로 끌고 갈 걸."

"기껏 쓴 건데."

미사키는 납득하지 못한 모양이다.

"그럼 어떤 내용으로 쓰라는 거야?"

"글쎄……."

지로는 턱수염을 쓰다듬으며 미사키의 방을 둘러봤다. 방 안에는 최소한의 가구만이 놓여 있었다. 마치 비즈니스호텔처럼 간소하다.

"예를 들어 꽃집 사장님이 되고 싶다거나, 케이크 가게 사장님이 되고 싶다거나."

"난 복수대행업자가 되고 싶어."

"안 돼요."

미사키가 반론한다.

"왜냐면 다른 건 딱히 되고 싶지 않거든. 꽃집 사장도, 케이크 가게 사장도."

"원래 작문이라는 건 거짓말을 이어 붙이는 거야."

미사키가 흥미가 없다는 표정으로 "흐~음" 하고 중얼거렸다.

"그럼 좋아하는 사람한테 시집을 가고 싶다는 건 어떨까?"

지로가 제안했지만, 그녀의 반응은 그다지 좋지 않았다.

"그게 뭐야? 바보 같아."

"로맨틱해서 좋잖니? 미사 쨩, 반 친구 중에 없어? 좋아하는 아이나, 마음에 걸리는 아이나."

궁금한 화제를 던져봤지만, 미사키는 "없어" 하고 단호하게 말했다.

"초등학생은 그냥 꼬맹이야. 흥미 없어."

그녀 본인도 초등학생이고 꼬맹이지만.

"어머, 미사 쨩은 연상을 좋아하는구나?"

"기왕에 연인을 만들 거라면……."

그녀의 입에서 튀어나온 것은 뜻밖의 남자 이름이었다.

"난, 젠 짱 같은 사람이 좋아. 상냥하고, 멋지고."

젠 짱……, 반바 젠지를 가리키는 것이다. 미사키는 예전부터 그를 흠모해왔다.

"그 남자는 그만둬."

무심코 진심으로 대답하고 말았다.

"엥~ 왜?"

"그런 남자는 말이지. 사귀게 되면 고생길이 훤히 열리는 타입이야. 무조건."

"그런 걸 어떻게 알아?"

"인생 경험이 풍부하니까. 내가 괜히 스무 살 적부터 게이로 산 줄 아니?"

이야기가 딴 길로 새버렸다. 지로는 헛기침을 한 뒤에 화제를 되돌렸다.

"……저기, 미사키. 뭐 하고 싶은 거 없니?"

그러자 미사키가 침묵했다. 무언가를 골똘히 생각하고 있는 듯했다.

잠시 뒤.

"……야구를 하고 싶어."

불쑥 중얼거렸다.

"야구?"

"소년야구팀에 들어가고 싶어."

미사키의 표정은 진지했다.

소년야구팀에 여자애도 들어갈 수 있긴 하지만.

"왜 하필 야구니?"

야구 말고도 배울 수 있는 것이 아주 많건만. 피아노나, 발레나.

"야구를 할 수 있게 되면 라멘즈에 들어갈 수 있잖아?"

미사키는 그렇게 말했다.

* * *

"……장래의 꿈 말이군."

반바가 과거를 그리워하는 듯 눈을 가늘게 떴다.

"난, 프로야구선수가 되고 싶었지."

"나도 마찬가지."

마르티네스가 스윙을 하면서 고개를 끄덕였다. 소문에 따르면 그는 십대 시절에 모국인 도미니카에 있는 어느 메이저 구단의 아카데미에 소속된 적이 있었다고 한다.

"저도 그렇습니다."

사이토도 공감했다. 그 역시 고교 시절에 야구를 했다.

미사키의 작문을 계기로 화제가 어느새 '나의 어렸을 적

꿈'으로 바뀌었다.

"뭐야? 죄다 야구선수냐?"

린은 '내게는 꿈 따윈 없었어' 하고 생각하며 과거를 돌이켜 본다. 어렸을 적에는 하루하루 연명하는 데 필사적이었다. 굳이 말하자면 훌륭한 킬러가 돼서 가족을 부양하는 것이 유일한 꿈이었을지도 모른다.

"……앗, 맞다, 맞아."

한동안 벤치에서 담소를 나누던 중에 반바가 문득 목소리를 높였다.

"사이토 군한테 부탁이 있는데."

사이토는 스파이크의 끈을 고쳐 매면서 "뭡니까?" 하고 고개를 들었다.

"싱커, 던질 수 있나?"

반바가 그렇게 말하며 공을 던졌다.

사이토는 공을 받은 뒤 쥐어봤다.

"뭐, 예전에 몇 번인가 던져본 적은 있지만, 제구가 잘 되질 않아서 봉인하고 있습니다."

"싱커를 치고 싶어졌어. 연습하는 걸 도와주면 좋겠는데."

"물론, 괜찮죠. 어깨 좀 풀고 싶은데 누가 좀 받아주실 수 없나요?"

던질 수 있는 구종이 늘어나면 그만큼 투구의 폭도 넓어진다.

"마르 씨, 공 좀 잡아줘요."

반바가 포수 미트를 건넨다.

"오, 좋지."

시게마츠를 대신하여 포수를 맡게 된 마르티네스가 프로텍터를 몸에 걸쳤다. 그러고는 홈베이스 뒤쪽에 쪼그리고 앉아서 사이토가 던진 공을 받았다.

공을 십수 번쯤 던져서 어깨를 푼 뒤에 사이토는 공을 쥔 뒤 싱커를 던졌다. 공도 잘 휘지 않고 제구도 아직 멀었다. 그러나 연습할 뿐이다. 미트를 향해서 계속해서 공을 던진다.

궤도가 그럴 듯해졌을 때 반바가 왼쪽 배터리 박스에 들어왔다.

그 광경을 보고 마르티네스가 고개를 갸웃거린다.

"……아? 너, 왜 왼쪽에 서?"

반바는 우투우타다. 평소에는 오른쪽 배터리에 들어간다.

"스위치히터로 전향할까 해서."

반바가 히죽 웃었다.

사이토가 포수를 향해서 공을 던진다. 마르티네스가 무난하게 받아냈다. 평소에는 시게마츠가 상대를 해주는데, 딱히 문제는 없는 듯하다.

"그러고 보니 시게마츠도 안 왔잖아."
린이 중얼거리듯 말했다.
"시게마츠 씨는 사건을 수사하느라 바쁜 모양이야."
옆에서 에노키다가 대답했다.
"살인사건이 벌어진 것 같던데."

* * *

"……뭐냐, 이게."
주변에 쳐진 노란색 바리케이드 테이프를 지나 살인사건 현장으로 발을 내디딘 시게마츠는 기괴한 광경에 무심코 얼굴을 찡그렸다.
그의 눈앞에는 전봇대가 하나 있었고 그곳에 남자의 사체가 매달려 있었다. 그것도 무슨 영문인지 거꾸로. 테이프로 두 다리가 묶인 채로 전봇대 디딤용 볼트에 거꾸로 매달려 있는 상태였다.
몇 미터쯤 떨어진 다른 전봇대에 사체 하나가 또 매달려 있었다. 그리고 또 다른 전봇대에 또 하나. 사체는 전부 세 구였다. 하나같이 전봇대에 매달려 있었다.
"시게마츠 선배."
한발 먼저 도착한 같은 과 후배가 시게마츠의 모습을 보더니 달려왔다. 그는 수첩을 펼치고서 상황을 설명한다.

"피해자는 셋. 노마파 야쿠자 두 명과 나머지 하나는 마약상입니다."

그 뒤에 후배는 공터를 가리켰다. 그곳에는 차량 한 대가 세워져 있었다.

"저 공터에서 한창 마약을 거래하고 있을 때 습격당한 모양입니다. 약은 전부 타버렸습니다."

"그래?"

"역시 폭력단과 관련된 사건이겠죠?"

적대하는 폭력단 사이에서 무슨 분쟁이 벌어졌는지도 모른다.

"그럴 가능성도 있지만…… 아직 모르지."

시게마츠는 뜨뜻미지근하게 대답하고 사체를 올려다보며 팔짱을 낀 채 신음했다.

뒷세계 조직에 속한 사람이라면 사체를 처리하는 방법쯤은 몇 가지 알고 있을 것이다. 그런데도 일부러 사체를 이런 식으로 남겨두다니. 무언가 이유가 있을 터.

"……본보기인가?"

이 사체는 누군가에게 보내는 메시지일까?

"사인은?"

"아직 감식도 끝나지 않아서 뭐라 판단할 수가……."

후배가 대답했다.

"얼핏 보면 출혈이 심각하긴 한데, 머리도 얻어맞은 것 같아서 어떤 게 치명상인지는 모르겠군요."

한바탕 사진을 찍은 감식요원들이 2인 1조로 사체를 내렸다.

땅바닥에 내려진 사체의 얼굴을 둘러보고서 시게마츠는 깨달았다.

"얼굴에 뭐가 묻어 있군."

자세히 보니 피해자의 얼굴에 무언가가 묻어 있다. 피처럼 보이지만, 단순히 피가 흐른 것 같지는 않았다. 인위적인 것이다. 누군가가 얼굴에 피로 하트나 별 같은 마크를 그려놓았다.

마치 어린애가 낙서를 한 것처럼.

"……야쿠자가 저지른 짓치고는 상당히 앙큼한 사체로군."

거꾸로 매달린 사체와 낙서가 된 얼굴……. 시게마츠의 머릿속에서 조직적인 범행일지도 모른다는 가능성이 흐려져 간다.

시게마츠는 상황을 정리하고자 현장을 둘러봤다.

피해자는 셋. 한창 약을 거래하다가 습격을 당했다. 차에 실렸던 상품은 몽땅 태워졌다.

범인은? 뒷세계 인간인가? 그들에게 원한이 있다?

목적은 뭐지? 사람인가? 아니면 악인가?

아니, 사람이다. 저들을 죽이는 것이 목적이었다. 그렇지 않다면 시체를 이런 식으로 방치하지는 않았겠지.

범인은 세 남자들을 죽이고서 일부러 전봇대에 매달았다. 우스꽝스럽게 얼굴에 그림을 그리고, 사체를 거꾸로 매달아놓는 방식으로.

"대체 무슨 이유로 이런 짓을……."

시계마츠는 살해당한 남자들의 얼굴을 쳐다보며 신음한다.

아무리 생각해도 사체를 이런 식으로 방치한 의도가 보이지 않았다.

1회 말

그 피에로는 늘 웃고 있고, 늘 울고 있었다.

웃으면서 사람을 찌르고, 울면서 사람을 때린다. 이것이 자신에게 부여된 사명이라 스스로에게 되뇌면서.

그는 법률로써 선악을 판단한다는 사고방식을 가지고 있지 않았다. 그저 오로지 망상적인 정의에만 홀려 있었다.

"……다음 뉴스입니다."

피에로가 텔레비전을 켜자 그 사건이 보도되고 있었다.

"어젯밤에 후쿠오카 시내의 길 위에서 세 남성의 사체가 발견되었습니다. 피해자들은 노마파 조직원이었고, 현재 경찰은 조직적인 범행으로 보고 수사를 진행하고 있습니다."

피에로는 소파에 앉아 어젯밤 사건을 반추한다. 인간의 머리를 후렸을 때의 감촉이 손바닥에 생생하게 되살아난다.

맞다. 그는 무언가가 불현듯 떠오른 것처럼 애용하는 트렁크를 열었다. 커다란 직사각형 가방에는 곡예 도구와 함께 대포폰이 들어 있다. 어제 살해했던 마약상에게서 빼앗은 것이다.

곧바로 문자를 주고받은 이력을 살펴봤으나 다른 조직이나 다른 마약상에 관한 정보는 얻을 수 없었다. 아쉽다.

그러나 그 대신에 어떤 정보를 찾아냈다. 그 마약상은 시내에 있는 어느 정보꾼과 이어져 있는 모양이다.

텔레비전 속 아나운서가 다음 사건을 읽는다.

"한 주민이 인근 쓰레기장에 여아 유해가 버려져 있는 것을 발견하고는 경찰에 신고했습니다. 경찰은 무직자인 아동의 부모를 사체유기 혐의로 체포했습니다."

피에로는 화들짝 놀라 고개를 들었다. 그러고는 벌떡 일어섰다. 두 손으로 텔레비전 가장자리를 쥔 뒤 화면을 뚫어지듯 쳐다보았다.

"유해에는 폭행당한 흔적이 있었고, 두 사람은 '훈육을 하려고 때렸는데 움직이지 않았다. 당황해서 버렸다'고 혐의를 인정했습니다. 피해 아동은 평소에도 학대를 받아온

것으로……."

……학대.

그 단어를 듣고 몸이 뜨거워지는 것이 느껴졌다.

"학대는 연쇄됩니다."

프로그램 패널들이 잇달아 입을 열어 자신의 견해를 밝히고 있다.

"부모의 학대를 받으며 자라온 아이는 자신이 부모가 된 뒤에 자식을 학대하는 경향이 있다고 합니다."

"……연쇄?"

피에로가 중얼거렸다.

"연쇄."

피에로는 바로 이거다, 하고 생각했다.

"학대, 연쇄."

……다음 표적을, 정했다.

피에로는 휘파람을 불기 시작했다. 텔레비전에서 등을 돌려 곡예 도구인 투척 나이프 한 자루를 오른손으로 쥐었다. 신경을 집중시킨다. 벽에 걸린 다트판을 향해 던진다.

나이프가 보기 좋게 한가운데에 꽂혔다.

* * *

 검은 덩어리가 오른손을 벗어나 일직선으로 날아간다. 공기를 슈웅 가르는 소리를 내면서 표적인 인체 모형에 꽂혔다. 그것도 딱 노렸던 지점에. 그동안 과제로 삼아 연습해 온 덕분인지 컨트롤 실력이 많이 향상된 듯하다.

 기타큐슈시 고쿠라키타구 곤야마치……, 모노레일 단카 역 옆에 난 그 길에는 수많은 술집들이 늘어서 있다. 그 거리의 구석에 있는 다트 바 '레이디 마돈나'는 사루와타리 슌스케의 단골집이다. 얼핏 젊은이들이 모이는 지극히 평범한 바처럼 보이지만, 점주는 암살의뢰 중개업자이기도 하다. 그래서 바 지하에는 일반인이 출입할 수 없는 킬러 전용 공간이 마련되어 있다.

 지하 공간 한구석에는 표적 에어리어가 있다. 킬러들은 이곳에 비치된 세 개의 인체 모형을 향해 투척 실력을 시험해볼 수 있다.

 그곳에서 사루와타리는 오로지 수리검을 던지고 있었다. 파트너가 마련해준 사방 수리검과 팔방 수리검, 쿠나이 등 50개나 되는 닌자 암기가 거의 다 떨어졌다. 그의 앞에 놓인 인체 모형에는 무수히 많은 닌자 암기가 꽂혀 있었다.

"마치 인간 선인장 같네."

머리부터 발끝까지 온몸에 수리검이 돋아난 그 모형을 힐끔 보고서 안경을 쓴 남자가 말했다.

이 닛타 나오야라는 남자는 킬러 컨설턴트로, 사루와타리의 비즈니스 파트너다.

"불쌍한 모형 같으니……."

닛타는 표적에 꽂힌 수리검을 정중하게 뽑으며 짐짓 한탄했다.

"이 지경이 될 때까지 얼마나 고통스러웠을까……."

"심심하니 별 수 없잖아."

그래, 심심하다.

경찰이 두목 사냥 작전을 실시하여 기타큐슈 시내에서 가장 거대한 폭력단의 간부들을 잇달아 체포했다. 조직은 거의 괴멸 상태다. 그 영향 때문인지 요즘에 들어오는 일거리가 격감했다.

"요즘에 살기가 편해졌고, 또 가을에는 유독 입맛이 돌잖아? 그래서 다들 사람을 죽일 마음이 생기지 않는 게 아닐까?"

수리검을 던지는 것 말고는 달리 할 일이 없다. 그러나 역시나 슬슬 질리기 시작했다.

"어떻게 좀 해봐. 컨설턴트잖아."

사루와타리가 의자 등받이에 몸을 한껏 기대며 말했다.
"탁자 위에 다리를 올리는 건 버릇없는 짓이야."
닛타가 사루와타리의 다리를 살짝 때렸다.
"시끄러."
사루와타리가 중얼거리며 째려본다.
"뭐든 좋으니 일거리나 가져와."
"내가 기껏 일거리를 물어왔더니 이딴 시시한 일거리는 가져오지 말라고 불평을 털어놓았던 사람이 누구였더라?"
"몰라."
사루와타리는 한숨을 작게 내뱉었다. 정말이지 저 안경 남은 시끄럽다.
"……누구든 좋으니 죽이고 싶어."
사루와타리의 머릿속에서 어느 킬러의 얼굴이 떠오른다.
"심심하니까 그 얼빠진 탈이나 죽이러 갈까."
붉은 니와카 탈을 쓴 킬러……. 그 남자에게 싸움을 걸면 이 지루함을 풀 수 있을지도 모른다.
"니와카자무라이 씨는 사룻치와 놀고 있을 만큼 한가하지 않을 것 같은데?"
"……."
나는 한가한데 그 녀석은 한가하지 않나? 부아가 치민다.
"곧 성수기가 올 테니까 지금은 푹 쉬지 그래? 응?"

사루와타리는 대답하지 않았다.

"……별 수 없구만."

닛타는 한숨을 내쉰 뒤 곤혹스러워하며 웃었다. 야구 시합 때 사인을 보낼 때마다 숱하게 봐왔던 표정이다.

"후쿠오카 쪽까지 한번 수배를 해볼게."

2회 초

 초등학교 교문 앞은 자식을 데리러 나온 학부모들로 혼잡했다. 개중에 아버지의 모습은 드물었다. 그래서 인파들 속에서도 지로는 눈에 띄었다.
 지로는 정장을 차려입고 오길 잘했다며 안도했다. 요상한 차림으로 나타났다면 바람직하지 않은 소문이 퍼졌을지도 모른다. 미사키네 아버지는 대체 어떤 직장에 다니는 걸까? 하는 의문이 학부모들 사이에서 생겨난다면 이상한 소문이 퍼질 빌미를 줄 수 있다. 그걸 막기 위해서 '회사에서 잠시 빠져나와 딸을 데리러 온 아버지'를 연기할 필요가 있었다.
 부모의 손을 잡고 아이들이 잇달아 학교를 떠나갔다. 그 옆에 웃으면서 손을 흔드는 여성이 서 있었다. 미사키의 담임선생이다. 물론 면식은 있다. 상대도 지로의 얼굴을 기억하고 있는지 눈을 마주치자 알은체를 했다.

"타나카 씨, 안녕하세요."

"안녕하세요, 선생님."

지로도 웃으면서 인사했다.

"죄송합니다. 늦게 나와서."

"아뇨, 당치도 않습니다. 바쁘실 텐데도 이렇게 와주셔서 정말로 감사합니다."

어제 이 부근에서 남자 어린이가 실종되었다. 아무래도 누군가가 아이를 유괴한 모양인데, 범인은 아직 잡히지 않았다.

그래서 미사키가 다니는 초등학교에서는 당분간 오후 수업을 중단하기로 했고, 수업 참관도 중지되었다. 한동안은 부모가 자식을 데리러 와야만 한다.

아까부터 살펴봤지만, 딸의 모습이 보이지 않았다.

"……그나저나 미사키는 지금 어디에?"

"미사키는 교실에서 기다리고 있습니다. 안내해드릴게요. 저도 마침 교실로 돌아가는 길이라서."

담임선생이 지로에게 재촉한다.

안내를 해줄 모양이다. 잘 됐다. 학교 안은 복잡한 미로 같아서 여러 번 온 적이 있지만, 미아가 될 것 같았다.

두 사람이 나란히 학교 안을 걷기 시작하려고 했을 때…….

"……실은."

담임선생이 작은 목소리로 입을 열었다.

"타나카 씨한테 드릴 말씀이 있어서."

"예?"

갑작스러운 나머지 무심코 목소리가 뒤집어졌다.

담임선생이 말하기 거북한 표정으로 말을 잇는다.

"미사키가 친구들한테 마음을 터놓지 못하는 것 같아요."

친구에게 마음을 터놓지 못한다. 그 말을 듣고 지로는 화들짝 놀란다. 설마? 지로의 눈이 휘둥그레진다.

"미사키가 따돌림을 당하고 있는 겁니까?"

"아뇨, 아뇨, 그렇지는 않습니다. 다른 아이와 대화도 곧잘 하고, 또래 안에도 잘 끼긴 합니다."

일단은 안도했다. 그러나 담임선생의 말이 이어진다.

"다만, 이따금씩 아주 차가운 표정을 짓곤 합니다. 웃고 있을 때도 어쩐지 눈빛이 차가워서……."

짐작 가는 바가 넘칠 만큼 많았다.

미사키는 잘 웃지 않는다. 깔깔대거나, 배를 부여잡으며 웃는 모습을 본 적이 없다. 표정의 변화가 없어서 무슨 생각을 하는지 종종 모를 때가 있다.

"친구들과 함께 있는데도 진심으로 웃고 있지 않은 것 같아서……. 감정 표현이 서툴다기보다는 다른 사람한테 맞추려고 애를 쓴다고 해야 할까요?"

쉬는 시간에 반 여자애들과 모여서 떠들어댈 때 미사키도 웃기는 한다. 그러나 그 웃음이 어딘지 공허하다. 마음을 진심으로 열지 못하고, 마음을 터놓은 초등학생인 척 연기를 한다. 마음속으로 '바보들 같으니' 하고 동급생들을 비웃으면서. 지로는 미사키의 그런 모습이 쉬이 상상이 되었다. 지로는 어깨를 축 늘어뜨렸다.

"남자 손으로 키워서 그런지 동성 친구와 어울리는 법을 잘 모르는 모양입니다. 면목 없습니다."

변명에 불과하지만, 달리 할 말이 없었다.

이러는 사이에 교실에 도착했다. 안을 들여다보니 책상에 앉아 열심히 무언가를 하는 미사키의 모습이 보였다. 공책과 교과서를 펼쳐 놓았다. 아무래도 오늘 내준 숙제를 하고 있는 모양이다.

"타나카, 아버님께서 데리러 오셨단다."

담임선생이 말을 걸자 미사키가 고개를 들었다. 지로의 얼굴을 보자마자 차가웠던 표정이 순간 풀어진 듯했다.

"기다리게 해서 미안하다, 미사키."

지로는 책가방 안에 학용품을 집어넣는 미사키를 보며

미소를 지었다.

그러고는 자기 곁으로 달려온 미사키의 머리 위에 오른손을 올린다.

"자, 어서 가자."

미사키가 고개를 끄덕였다.

"그럼 실례합니다, 선생님."

지로가 고개를 숙였다.

"선생님, 안녕."

미사키도 마찬가지로 인사를 했다.

"……얘, 미사키 짱."

학교를 나왔을 때 지로는 옆에 있는 소녀에게 말을 걸었다.

"왜?"

"……학교생활, 재밌니?"

담임선생이 했던 말이 계속 마음에 걸렸다.

미사키는 입을 다물었다. 지로는 바보 같은 짓을 했다며 후회했다. 재밌을 리가 없는데.

잠시 침묵이 흐른 뒤에 미사키가 입을 연다.

"재미없다면 학교에 안 가도 돼?"

"그럴 수 없다는 걸 알잖니……."

새삼스럽게 후회한다. 역시 질문을 하지 말걸 그랬다.
"알아."
미사키는 앞을 바라본 채로 대답했다.
"시시하긴 하시만, 딱히 싫지는 않아. 주변 애들이랑 그럭저럭 지내고 있으니 괜찮아."
그럭저럭 지내고 있으니 괜찮아……. 초등학생이 할 법한 말이 아니다.
"그보다 지로 짱."
"왜?"
"왜 정장을 입고 있어? 평소 차림이 좋은데."
미사키는 이쪽을 힐끔 보고는 입을 내밀었다. 기분이 별로 좋지 않은 듯하다.
"가끔 이렇게 입는 것도 좋잖아? 안 어울리니?"
지로가 묻자 미사키는 고개를 가로젓는다. 그녀가 무슨 말을 하고 싶은지 짐작하고 있지만, 이렇게 얼버무릴 수밖에 없었다.
"지로 짱, 학교에 올 때마다 늘 정장만 입네. 그리고 말투도 남자 같고."
그녀는 자신이 이렇게 '평범한 아버지'인 척 연기를 하는 것이 마음에 들지 않는 것이다.
"왜냐면 '아빠가 게이'라는 사실이 알려진다면 미사키가 따돌림을 당할지도 모르잖니."
"지로 짱한테 감내하도록 강요하는 게 더 싫어."
"감내한 적 없는데?"
"했이."
미사키가 평소답지 않게 강한 어조로 대꾸했다.
"지로 짱은 늘 날 위해서 감내하려고 해."
미사키는 얼굴에 그늘을 드리운 채 고개를 숙인다.
"그때, 담배도……."
거기까지 말한 뒤 미사키는 입을 다물었다.
담배도……. 그녀가 무슨 말을 하려고 했는지 알고 있다.
지로도 아무 말을 할 수가 없었다. 더 끄집어냈다가는 그녀의 비통한 기억마저 되살아날 것이다.
그 대신에 지로는 달콤한 제안을 했다.
"케이크라도 사가지고 돌아갈까?"

* * *

반바 탐정사무소에 찾아온 손님은 없었다. 반바는 평소처럼 자유로운 시간을 보내고 있었다. 그는 웃통을 벗은 채 거울 앞에서 스윙을 되풀이했다. 배팅 자세를 확인하고 있는 모양이었다.
린은 그런 반바를 곁눈으로 보며 막 세탁된 연습복을 개켰다. 남색 언더셔츠에 손을 댔을 때 저번 연습일이 떠올랐다.

"……그러고 보니."

린은 헛스윙을 하고 있는 반바에게 말을 걸었다.

"응?"

반바가 돌아본다.

"너, 갑자기 왜 그랬던 거야?"

"뭐가?"

"스위치히터 말이야. 너, 우타자잖아? 그런데 왜 느닷없이 좌타자 연습을 시작한 거냐?"

그뿐만이 아니다 그는 사이토에게 요상한 부탁을 했다.

"느닷없이 '싱커를 치고 싶다'고 말을 꺼내기도 하고."

린이 묻자 반바가 뺨을 긁적인다.

"……그냥 좀."

그는 중얼거리듯 대답했다.

반바는 린을 아랑곳하지 않고 다시 스윙을 시작했다. 요즘에 몸이 자꾸 열려서 고민인지 자세를 꼼꼼하게 수정하고 있다. 저 남자는 야구만큼은 늘 진지하다.

"야구선수가 되고 싶었다고 했던 말이 진짜였구만."

"그야 뭐. 동경하던 직업이었지."

반바가 쓴웃음을 짓는다.

야구소년이라면 누구든 그 꿈을 품는다. 그러나 반바에게는 단순한 꿈이 아니었던 모양이다.

"꽤 진심이었어. 초등학교 때는 클럽팀에서 연습했고, 고등학생 때도 야구부에 들어갔지. 비록 드래프트 지명을 받지 못할지라도 독립 리그나 사회인 야구팀에서 실력을 키워 언젠가는 프로가 되고 말겠다고 생각했었지."

"오호."

반바가 평소답지 않게 옛 이야기를 하자 린은 호기심이 일었다.

"프로를 목표로 했던 고교 야구선수가 왜 킬러 같은 직업을?"

린이 묻자 반바는 살짝 웃었다.

"글쎄? 이유가 뭘까?"

반바는 고개를 갸웃거리며 모호하게 대답했다.

얼버무린다기보다는 본인조차 아직도 그 답을 알지 못한다는 듯한 말투였다.

"라멘이나 먹으러 갈까?"

반바가 웃옷을 입고 제안했다. 슬슬 저녁을 먹을 시간이다.

두 사람은 늘 가는 포장마차로 향했다.

* * *

'그러고 보니.'

지로는 과거를 돌이켜봤다.

미사키의 입에서 친구 이름을 들었던 적이 지금껏 한 번도 없었다. '오늘은 누구누구와 놀았다'거나, '누구누구네 집에서 놀고 올게'라는 초등학생다운 보고를 받은 적이 없었다. 그리고 반 친구를 집으로 데리고 온 적도 없다. 깊이 사귀는 동급생이 없다는 건 어렴풋하게 짐작하고 있었지만, 생각보다 사태가 더 심각한지도 모르겠다.

지로는 자신이 초등학생이었을 때 어땠는지 생각해봤다. 하루하루가 온통 즐거웠던 것 같다. 답답하다고 느낀 적은 한 번도 없었다. 오로지 자유롭게, 쉬는 시간에 교정에서 공을 쫓아다녔다.

그에 비해 지금 미사키는 의무교육을 그저 담담하게 이수하고 있는 것 같았다.

"……참 어렵네, 아이를 키우는 건."

지로는 눈앞에 놓인 맥주를 들이키고서 한숨을 내뱉었다. 이것으로 벌써 세 잔째다.

미사키가 잠에 든 뒤에 지로는 겐조의 포장마차를 찾았다. 조용히 술을 마시면서 푸념이라도 늘어놓을까, 하고 생각하던 차에 마르티네스와 에노키다, 더욱이 반바 젠지와 린시안밍까지 나타났다. 포장마차 안이 순식간에 시끌벅적해졌다.

"지로, 왜 그리 표정이 어두운 게야? 무슨 일 있나?"

젠조가 몸을 내밀어 맥주를 따라주었다.

옆에 앉아 있던 반바도 얼굴을 가까이 했다.

"고민이 있으면 들어줄게."

지로는 한숨을 한 번 내쉰 뒤 입을 열었다.

"오늘, 미사키네 학교에 갔는데."

"아아, 저번에 말했던 수업참관?"

"아니, 수업참관은 중지됐어. 지난번에 유괴사건이 벌어졌잖아? 범인도 잡히지 않아서 학교에서 한동안은 부모가 아이를 데리러 오라고 했거든."

"미국에서는 부모가 데리러가는 게 당연한 일이지."

에노키다가 끼어들었다.

"매건법 때문에 성범죄자의 정보가 공개된 주(州)도 있고, 또 소아성애자는 형무소에서 혹독한 대우를 받아. 다른 수형자마저도 깔보고."

"당연하지. 페도 놈은 그런 꼴을 당해도 싸."

마르티네스도 고개를 끄덕였다.

"거리낌없이 아이를 홀로 방치하는 나라는 일본뿐이야."

지로는 맞는 말이라고 고개를 끄덕이고서 화제를 되돌렸다.

"그래서 미사키를 데리러 갔더니 담임선생이 그러더라고. 미사키가 친구들한테 마음을 터놓지 않고, 또 이따금씩 차가운 표정을 짓는다고."

미사키는 특수한 환경에서 자라왔다. 의붓아버지에게 학대를 당해왔고, 친어머니는 그것을 못 본 척했다.

학대를 받은 아이는 눈빛이 얼음처럼 차가워진다고 한다. 자신을 지켜줘야 할 인물에게서 공격을 받았고, 또 여러 번 배신을 당했기에 감정이 얼어붙는다. 미사키가 종종 보여주는 그 차가운 표정 역시 학대를 받은 아이 특유의 표정이라고 이해할 수 있다.

그러나 요즘에는 그것이 유일한 원인이 아닌 것 같다는 생각이 자꾸만 든다.

지금까지 미사키가 복수대행업자 일을 여러 번 도와준 적이 있었다. 그런데 지금도 똑똑히 기억하는 에피소드가 있다.

"예전에 살해당한 남자의 복수를 해달라는 의뢰를 받았을 때, 미사키가 자기도 돕겠다고 말한 적이 있었어. 처음에는 나도 반대했지. 그런데 '상대가 여럿이라면 지로 짱 혼자서는 위험해. 어린애가 접근하면 상대도 방심할 거야'

라며 내 말을 듣지 않았어. 천진난만한 아이인 척 접근하여 근육이완제를 주사한다는 계획이었는데."

"아아, 그때? 잘 해냈었지."

마르티네스도 고개를 끄덕였다.

"맞아……. 그 아이는 낯빛 하나 변하지 않고 일을 능숙하게 해치웠어."

미사키는 계획대로 움직여주었다. 겁을 먹지도, 긴장해서 떨지도 않고 그저 냉정하고 담담하게.

그렇기에 지로는 위기감을 느꼈다.

"……무서워."

지로는 자기 손을 내려다본다.

"나, 미사키를 엄청난 괴물로 키우고 있는 게 아닐까?"

이건 보통 일이 아니다. 분명히 이렇게 키워서는 안 된다.

"그래서 미사키 앞에서는 최대한 일 이야기를 하지 않으려고 주의해왔고, 또 위험한 의뢰에는 동행시키지 않으려고 하는데."

"현명하네."

린이 입을 열었다.

"꼬맹이 시절에 물든 것들은 성인이 된 뒤에도 좀처럼 빠지지 않는 법이야."

"……맞아, 그런 법이지."

"범죄를 배우며 자란다면 거부감이나 죄책감을 전혀 느끼지 않고 태연하게 범죄를 저지르게 되지."

린은 킬러를 육성하는 시설에서 지랐다고 한다. 몸소 체험한 그의 말이 지로의 가슴을 아프게 찔렀다.

분명 린은 사람을 죽이며 살아왔다. 라멘즈의 일원이 된 뒤에도 처음에는 남의 말을 들으려고 하지 않았다. 규칙도, 사인도 지키지 않고 자기 멋대로 굴었다. 결코 타인을 배려하지 않았다.

"네가 그 녀석을 소중히 여기는 건 알지만, 이대로는 안 된다고 봐. 올바르게 자라길 바란다면 범죄에 발을 담그지 않도록 해야겠지."

라멘을 후루룩 먹으며 린이 말했다.

그는 변했다. 옆에서 보고 있으니 더욱 그랬다. 요즘에는 적극적으로 연습에 임하고, 일거리도 고르기 시작했다고 겐조가 푸념을 늘어놓은 적이 있었다. 환경이 변함으로써 린은 변했다. 사람들과 어울리면서 그의 내면에서 사람의 마음이 자라기 시작했다.

"반바 짱, 비결 좀 알려줘."

지로는 옆에서 맥주를 들이켜고 있는 남자를 팔꿈치로 쿡쿡 찔렀다.

"비결?"

"아이를 키우는 비결."
"엥? 너, 아이가 있었냐? 숨겨둔 자식?"
그 말을 듣고 린의 눈이 휘둥그레진다.
"엥? 없는데."
"커다란 아이가 하나 있잖니."
지로는 린을 힐끔 본 뒤 반바에게 묻는다.
"어떻게 저렇게 솔직한 아이로 키운 거니?"
"이봐, 누가 누굴 키웠다는 거냐?"
린이 이맛살을 찌푸렸다.
이번에는 에노키다가 입을 연다.
"평범한 애정을 평범하게 쏟아주면 아이는 건전하게 자라는 법이야. 사랑을 받지 못한 아이나, 일그러진 애정이나 과도한 중압감을 받으며 자라온 아이는 비뚤어지게 자라."
"오, 경험담? 설득력이 있군."
마르티네스가 조롱하는 투로 말했다.
"이대로 놔둬서는 안 된다는 건 나도 동감."
에노키다는 덩치가 큰 검은 사내를 째려보며 말을 잇는다.
"지로 씨가 옆에 있는 한 미사키 짱은 지로 씨의 모습을 보며 자랄 거야. 복수는 당연한 일이니 그 목적을 위해 범죄를 저지르는 건 어쩔 수 없다. 미사키 짱의 머릿속에 그런 사고방식이 심어질 테니 이대로 놔두면 장차 우리들 같은 인생을 보내게 될지도 모르지."

 역시 자신과 함께 산다면 미사키의 인생에 악영향을 끼치게 될까?

 "······내가 어떻게 하면 좋을까?"

 "복수대행업자로 키우고 싶다면 지금처럼 살아도 되겠지. 하지만 평범한 아이들처럼 자라길 바란다면 평범한 생활을 살도록 할 수밖에."

 에노키다가 말했다.

 "아이는 무서울 만큼 빨리 성장하잖아. 놓아줄 생각이 있다면 빨리 결심하는 편이 나아."

 "본인이 바라는 대로 해주면 되지 않겠어?"

 마르티네스가 그렇게 말하자 린이 반론한다.

 "지로와 살고 싶다고 말할 게 뻔하잖아."

 "다른 선택지를 준다면? 엄마 곁으로 보낸다거나, 새로운 부모를 찾아준다거나."

 "엄마 곁으로 보내는 건 무리야."

 그 사건 이후로 미사키의 친어머니와 연락을 한 적이 없다. 당시에 그녀는 뱃속에 다른 아이를 배고 있었다. 현재는 새로운 가정을 꾸려 제2의 인생을 보내고 있겠지.

 "그럼 새로운 양부모를 찾아줘야겠네. 요즘에는 양부모를 찾아주는 업자도 있대."

"아니면 지로가 이 업계에서 손을 씻든가."

겐조의 그 말을 듣고 지로는 말문이 막혔다..

……손을 씻는다.

미사키를 위해서라면 그것이 최선의 길이다.

그러나 복수대행업자를 그만둘 수는 없다.

지로가 이 일을 시작하게 된 계기는 연인의 죽음이었다. 자신의 연인을 죽인 남자에게 복수한다. 그것이 복수대행업자의 원점이었다.

연인은 고통에 겨워하며 죽었다. 그런데도 자신은 아무것도 해주지 못했다. 오로지 스스로를 증오하고 원망했다. 그저 자기 위안에 불과할지도 모른다. 그러나 지로는 그날부로 스스로에게 벌을 내렸다. 복수대행업자로서 살아가기로.

그런데 새삼스럽게 평범한 인생을 살라니. 자기 혼자 태평하고 행복하게 살아가는 건 도저히 용납할 수가 없다. 나중에 연인의 얼굴을 볼 면목이 없다.

"복수대행업자로 활동하다 보면 온갖 인간한테서 원한을 사게 되겠지. 일에 휘말려 미사키가 복수를 당할지도 모른다. 앞으로 복수대행업자를 노리는 놈들이 나타나지 않을 거라고 어떻게 장담할 수 있겠나?"

겐조의 말이 지극히 당연하다.

만에 하나라도 자신의 일 때문에 미사키의 신변에 무슨 일이 닥친다면……. 영원히 후회하겠지. 연인을 잃었을 때처럼.

그러나 미사키와 함께 사는 한, 함께 시간을 보내는 한 위험은 늘 따르기 마련이다. 복수대행업자에게 원한을 품은 녀석이 자신이 아닌 미사키를 표적으로 삼을 가능성도 있다.

"복수대행업자 역시 복수를 당할 수 있는 법. 조심하거라."

……복수대행업자가 복수를 당한다.

겐조의 충고가 귓가에 자꾸만 맴돌았다.

언젠가 누군가가 자신에게 복수의 칼날을 들이밀지도 모른다. 복수는 연쇄하는 법이니까.

2회 말

 상대와 만난 장소는 하카타에 있는 어느 차분한 찻집이었다. 카운터 안에 있는 초로의 점장에게 주문한 뒤 산조는 안쪽에 있는 탁자석에 앉았다.
 요깃거리와 커피를 입에 넣으면서 아침 신문을 활짝 펼쳐 눈으로 훑는다. '초3 아동 행방불명'이라는 글자가 눈에 확 들어왔다. 어제 축제를 즐기고 돌아가기 직전에 어머니가 막내딸을 화장실에 데리고 갔다. 그런데 차에 돌아가보니 안에 있어야 할 아들이 홀연히 모습을 감췄다고 한다. 아무래도 아동이 스스로 차에서 내렸는데 누군가가 유괴한 모양이다.
 전문가의 견해도 실려 있었다. 범인은 아마도 30대에서

40대 남성. 배우자나 자식은 없고, 홀로 살거나 부모와 동거하고 있다. 과거에도 낯선 아이에게 말을 걸거나, 데리고 가려다가 미수에 그치는 등 가벼운 범죄를 저지른 적이 있다. 그러한 내용이 적혀 있었다.

범죄심리학자가 꾸며낸 범인상을 읽고 산조는 자연스럽게 입가가 풀어졌다. 아이가 유괴되었을 때 가장 먼저 의심받는 사람은 성도착자다. 어린애밖에 사랑할 수 없는 자. 어린애 말고는 흥분되지 않는 자. 경찰은 반드시 과거 전과자부터 살펴볼 것이다.

탁자 위에 놓인 뜨거운 커피에 손을 뻗으려고 했을 때였다.

"그렇게 신문을 읽고 있으니 평범한 샐러리맨처럼 보이는군."

불현듯 누군가가 말을 걸었다.

신문을 보다가 고개를 든다. 눈앞에 남자가 서 있었다. 키가 작고 배가 불룩 나와 있다. 정장 차림인데 재킷 대신에 작업복을 걸치고 있었다. 그 남자의 가슴팍에는 야마자키 운수(주)라는 글자가 수놓아져 있다.

그의 이름은 야마자키 쿠니오. 운수회사 사장으로 산조의 비즈니스 파트너이기도 하다. 그의 회사 덕분에 그는 장사를 할 수 있다. 발이 되어주는 인물이다.

"안 그래도 요즘에 고민 중입니다. 관록이 부족해서 사람들이 얕보기 일쑤라."

신문을 접으면서 산조가 웃었다.

"아니, 나쁜 일은 아냐. 요즘에는 인상이 험상궂으면 일이 잘 풀리질 않지. 야쿠자 세계에서도."

야마자키 쿠니오가 맞은편에 앉았다.

"미안하군. 갑자기 불러내서."

"아뇨."

산조는 평범한 샐러리맨처럼 보인다는 소리를 들을 만큼 외모가 온화하고 부드럽다. 그러나 무타가와파의 두목을 맡아 훌륭하게 해내고 있다. 이 외모가 도리어 도움이 된 적도 있었다. 여하튼 타인에게서 신뢰를 얻어내기가 쉽다. 다양한 사업주들의 협력을 얻어낼 수 있다면 사업은 순탄하게 풀리는 법이다.

앞에 있는 야마자키 쿠니오 사장도 산조의 협력자 중 하나다. 마약이나 무기를 밀수하여 돈벌이를 하는 무타가와파에게 수송 경로를 확보하는 건 가장 중요하다. 그의 회사 덕분에 외국에서 밀수한 상품을 안전하고도 신속하게 전국의 고객에게 보내줄 수가 있었다.

쿠니오는 탁자 가장자리에 놓인 신문지를 힐끔 쳐다봤다. '행방불명'이라는 글자를 보고 얼굴을 살짝 찡그렸다.

"우리 손자도 결국 찾아내지 못했지."

그의 손자인 야마자키 쇼타는 작년 10월에 홀연히 모습을 감췄다고 한다.

"딱하군요. 고등학생이었죠? 손자분이."

"그래."

쿠니오가 고개를 끄덕인다.

"'가출합니다. 찾지마세요'라고 적힌 메모지가 발견됐지. 틀림없이 쇼타의 필체였어. 그래서 경찰이 진지하게 찾아주질 않았어. 가출하는 고등학생 따윈 차고 넘칠 만큼 많으니 말이지. 경찰도 청소년이 가출할 때마다 일일이 수사할 수는 없는 노릇이니."

이 나라에서는 한 해에만 행방불명자가 10만 명이 넘는다고 한다.

"……예, 안타깝습니다만."

가출은 가정 문제다. 명백하게 부자연스럽거나 사체가 발견되는 등 사건성이 없다면 경찰은 대응하지 않는다.

"하지만 따님은 믿지 않았죠."

따님이란 쇼타의 어머니……, 야마자키 미에코를 가리킨다.

"쇼타는 가출할 아이가 아니다. 지금껏 말썽을 부린 적이 없는 착한 아이였다고 지금도 우기고 있지."

"친어머니이니 당연하죠."

그 마음을 모르는 바 아니다.

"미에코는 탐정한테 쇼타의 행방을 조사해달라고 의뢰했어. 열 달쯤 조사했지만 단서는 없었지. 결국 딸도 정신이 나가버렸어. 짜증을 내기 일쑤고, 술과 담배에 찌들게 됐지."

미에코는 아들을 몹시 사랑했다고 한다. 그 상실감과 스트레스를 손쉽게 구할 수 있는 기호품으로 풀었던 거겠지.

"산조."

쿠니오가 이쪽을 쳐다본다.

"자네는 자식이 있나?"

산조는 고개를 가로저었다.

"아뇨."

미혼이고 자식도 없다. 부모조차 이미 타계했다. 산조 근처에는 가족이라 부를 수 있는 존재가 없었다. 다만 먼 곳에 사는 이부(異父) 동생이 하나 있다. 절반은 다른 피가 섞여 있음에도 동생은 자신과 아주 닮았다. 그러나 닮은 것은 얼굴뿐이다. 뒷세계와는 인연이 없는 견실한 남자다. 연락은 거의 하지 않는다.

사랑을 느껴본 적은 있지만, 결혼을 서두를 생각은 없었다.

"하지만 그 마음이 어떨지 짐작이 됩니다."
"그래. 쇼타는 불임치료 끝에 겨우 얻은 아이였지."
데릴사위와 딸과의 사이에서 생긴 고대하던 장남. 그 아이를 빼앗겼다. 유복하고 행복했던 가정에 느닷없이 닥친 비극은 지금도 딸의 마음에 깊은 상처를 남기고 있다.
쿠니오가 자신을 불러놓고도 좀처럼 본론을 꺼내지 않자 산조는 초조해했다. 그러나 비로소 이것이 본론임을 깨달았다.
"혹시 용건이?"
"그래."
쿠니오가 고개를 끄덕였다.
"자네들이 손자를 조사해줬으면 좋겠네."
"……힘이 되어드리고 싶은 마음은 굴뚝같습니다만."
산조는 고개를 가로저었다.
"저희들은 일개 야쿠자입니다. 사람을 찾는 프로가 아닙니다."
탐정이 열 달 동안이나 조사했는데도 단서조차 찾지 못했다. 밀수가 전문인 폭력단원이 찾아낼 수 있을 리가 없다.
그러자 쿠니오가 쓴웃음을 지었다.
"손자의 행방을 찾아달라는 게 아니네. 아마도 그 아이는 이미 죽었을 테지."

쿠니오가 선선히 말하자 산조는 온몸이 오싹해졌다.

"죽었다? 어째서……."

어째서 죽었다고 단언할 수 있는 거지?

"쇼타는 우리가 생각했던 것만큼 착한 아이가 아니었어."

쿠니오는 어깨를 들먹이고서 한 장의 사진을 내밀었다.

교복을 입은 고등학생쯤으로 보이는 소년이 피투성이가 되어 의자에 앉아 있는 장면이 찍혀 있었다.

"……이건."

"쇼타야."

"아니……."

무심코 말문이 막혔다.

쿠니오는 아랑곳하지 않고 담담하게 말을 이었다.

"아무래도 그 아이는 사건에 휘말렸던 모양이야. 아마도 뒷세계 인간의 손에 살해됐겠지. ……뒷세계 일은 뒷세계 사람한테 부탁하는 게 상책인 것 같아서."

비로소 그의 의도를 읽었다.

"그런 얘기였습니까?"

"손자를 죽인 녀석이 누군지 밝혀내줬으면 하네. 수단과 방법은 가리지 말게. 사람이 몇 명이 죽든 상관없어. 돈이라면 만족할 만큼 얼마든지 지불하겠네. 딸의 마음이 조금이라도 풀린다면 싸게 먹히는 셈이지."

산조는 고개를 끄덕였다.

"알겠습니다. 바로 부하한테 조사하도록 지시하죠."

쿠니오는 본론을 마치고 화제를 바꾼다.

"아, 그래. 새로운 사업 쪽은 어떤가? 잘 될 것 같나?"

"예."

산조는 미소를 지었다.

"이시하라가 중심이 되어 움직여주고 있습니다. 주중에는 약속한 물품을 마련할 수 있을 것 같습니다."

새로운 사업……, 어떤 상품을 수출하는 사업을 말한다. 지금껏 무타가와파는 주로 외국에서 상품을 수입해왔다. 그러나 이번에 시험적으로 상품을 해외에 밀수출하려고 한다. 이 시도가 성공한다면 본격적으로 판로를 개척할 수 있으니 꽤 중요한 거래라고 할 수 있다. 이번에는 지금껏 취급해왔던 상품들보다 더 위험한 상품을 거래하기로 했다. 그래서 쿠니오도 어떻게 진척이 되고 있는지 궁금한 모양이다.

문득 시선을 들었다. 가게에 비치된 텔레비전에서 지역 뉴스가 흘러나오고 있었다. 중년 아나운서가 차분한 목소리로 원고를 읽어 내려간다.

"어젯밤에 초등학교 3학년 아동이 실종되어……."

아동 실종. 아까 신문에서 본 그 사건이었다.

"이 나라는 애 하나 없어졌다고 야단법석을 떤다니까."

쿠니오는 텔레비전을 힐끔 보고서 혼잣말을 하듯 중얼거렸다.

그러니 소리가 벌어지지 않도록 주의해라. 그는 그렇게 충고하고 싶었겠지.

"다음 사건입니다. 어젯밤에 후쿠오카 시내의 길 위에서 세 남성의 사체가 발견되었습니다. 피해자들은 노마파 조직원이었습니다. 현재 경찰은 폭력단 사이의 분쟁 때문에 벌어진 사건으로 보고 수사를 진행하고 있습니다."

노마파는 산조의 조직과 적대하는 조직이다. 취급하는 상품이 겹치는 바람에 여러 번 분쟁을 벌인 적이 있었다.

"너희들 소행인가?"

쿠니오가 텔레비전을 보며 눈을 가늘게 떴다.

"아뇨."

산조는 부정했다. 거짓말이 아니다. 정말로 그런 지시를 내린 기억이 없었다.

"저흰 아무것도."

누구 짓이지? 산조는 화면을 쳐다보며 고개를 갸웃거렸다.

3회 초

 그날 낮, 린과 반바는 애용하는 글러브를 끼고서 사무소 인근 공원에서 몸을 움직이고 있었다.
 에노키다와 관련된 사건을 해결한 뒤로 요 며칠 동안은 킬러로서도, 탐정으로서도 의뢰가 들어오지 않았다. 평화롭고 평온한 나날이 이어졌다. 방 안에 뒹굴거리기만 하면 몸이 둔해지므로 종종 이렇게 캐치볼을 하며 시간을 보내고 있다.
 린시안밍은 가벼운 준비운동을 마치고서 거리를 벌린 뒤 상대를 향해 공을 던졌다. 그러면서 천천히 어깨를 푼다. 공이 반바의 글러브에 들어가며 가죽을 때리는 경쾌한 소리가 울려 퍼졌다.

공원 한편에서는 초등학생들이 그네를 타고 놀고 있었다. 왁자지껄하게 떠드는 목소리가 들려온다. 딱 미사키와 같은 또래로 보인다.

바로 그때 린은 어떤 생각이 불현듯 떠올랐다.

"그러고 보니 그 녀석은 어떻게 할까?"

반바가 발을 앞으로 내딛으며 묻는다.

"그 녀석이라니?"

날아온 공을 잡아 오른손으로 고쳐 쥔 뒤에 반바의 글러브를 향해 던지며 린이 대답했다.

"지로 말이야, 지로."

어젯밤에 포장마차에서 했던 지로의 말을 돌이켜본다. 상당히 고민하는 것처럼 보였다. 미사키를 놓아줄 것인가, 아니면 자신이 손을 씻을 것인가? 아니면 지금까지 그래왔던 것처럼 미사키를 복수대행업자 후계자로 키울 것인가? 답은 나왔을까?

"이봐, 너라면 어떻게 할 거야? 미사키 말이야."

린은 그냥 물어봤다.

"으~음……."

반바가 신음하면서 공을 던진다.

"새로운 양부모를 찾아주겠어. 무슨 일이라도 닥치면 큰일이니까."

"그렇지? 역시 그렇게 하는 게 옳아."

린도 같은 의견이었다.

지로에게 일을 그만둘 생각이 없다면 미사키를 놓아줄 수밖에 없다.

"뭐, 본인이 정할 문제지. 가족 문제이니 타인이 이러쿵저러쿵 말참견할 수야 없지."

반바가 그렇게 말하자 린이 뚝 멈췄다. 공을 쥔 채로 상대를 응시한다.

"그 녀석들은 남이잖아?"

반바는 가족 문제라고 했지만, 애당초 지로와 미사키는 남이다.

"피가 이어져 있지 않잖아."

"비록 피가 이어지지 않았더라도 가족은 가족이야."

"함께 산다는 사실만으로도 가족이 될 수 있나? 그럼 나랑 너도 가족이냐?"

린은 고개를 갸웃거렸다.

"아냐?"

"……글쎄."

린은 어깨를 들먹였다. 그것만으로는 가족이라고 할 수 없지 않을까?

린에게 가족은 어머니와 여동생뿐이었다.

다만 딱 한 번, 그 이외의 사람을 가족처럼 생각한 적이 있었다.

페이랑(緋狼) 말이다.

폐쇄적인 그 시설 안에서 페이랑과 함께 살면서 그와는 진짜 가족이 될 수 있지 않을까 싶었다.

그러나 이루어지지 않았다. 결국 페이랑과 자신은 다른 길을 걸었다. 그를 죽였던 그날에 린은 가족이라 부를 수 있는 존재가 두 번 다시 생기지 않을 거라는 걸 깨달았다.

피가 이어져 있기에 책임을 질 수 있는 것이다. 린 역시 어머니와 여동생이 피가 이어진 가족이었기에 스스로를 희생하자고 결심할 수 있었다. 범죄로 손을 더럽히자는 각오를 할 수 있었던 것이다.

어머니와 여동생이 의붓가족이었다면 자신은 그때도 똑같은 선택을 했을까? 이른바 생판 남이다. 어쩌면 목숨을 걸면서까지 지켜야 한다고 생각하지 않았을지도 모른다.

혈연이란 그만한 힘이 있다.

"의붓아빠 때문에 미사키가 범죄자가 될 필요도 없을 테고, 반대로 의붓딸을 위해서 지로가 삶의 방식을 바꿀 필요도 없어. 난 그렇게 생각하는데."

미사키를 놔주고 각자 다른 인생을 사는 편이 서로를 위해서 낫다.

"그렇게 쉽게 끊어낼 수는 없지. 가족으로 맺어져 오랫동안 살았으니."

반바가 곤혹스러워하며 웃었다.

그러니까 가족이 아니잖아. 린은 이맛살을 찌푸렸다. 반바의 말은 종종 이해가 되지 않는다.

캐치볼을 끝낸 뒤 린과 반바는 사무소로 돌아갔다. 계단을 밟고 3층으로 올라가니 사람 실루엣이 보였다. 문 앞에 여자가 서 있다.

"무슨 용건이 있어서 우리 사무소에 오셨습니까?"

반바가 말을 걸자 여자가 어색하게 고개를 끄덕였다.

아무래도 의뢰인인 모양이다.

* * *

그 여자는 자신의 이름을 아이카와 마리라고 밝혔다. 나이는 삼십대 초반 정도. 수수하고 빈티나게 생겼다.

아이카와 마리가 나직한 목소리로 입을 열었다.

"딸이 없어졌습니다. 초등학교 3학년입니다. 이름은 레나. 딸이 둘 있는데 언니예요."

아이카와 레나는 어제 친구네 집에 놀러 간다며 나간 뒤로 사라져버렸다고 한다. 그녀는 딸을 찾아달라고 의뢰했다.

"그래서 경찰은 뭐라고?"

반바가 묻자 의뢰인은 고개를 숙였다.

"경찰한테는, 아직······."

"왜 신고하지 않았어? 우선은 경찰한테 먼저 신고를 해야지. 자기 자식이 사라졌다며?."

옆에 앉아 있던 린이 짜증스러운 목소리로 말했다.

"사건에 휘말렸을 가능성도 있어. 최근에 후쿠오카에서도 아이를 유괴한 사건이 벌어졌잖아. 어쩌면 레나 쨩도······."

반바가 린을 만류하며 부드럽게 말했다.

"······실은."

아이카와 마리가 조심스럽게 입을 열었다.

"그 범인이 연락을 해왔습니다. '딸을 유괴했다. 경찰한테 신고했다가는 죽이겠다'고."

반바와 린은 서로를 마주 보았다.

사연을 한바탕 다 털어놓고 필요한 수속을 마친 뒤에 의뢰인은 사무소를 떠났다. 린은 창밖으로 그녀의 뒷모습을 바라보며 중얼거린다.

"······뭔가 이상하지 않냐?"

"이상하지."

"분명 수상하지?"

"수상하긴 하네."

묘한 의뢰다.

"몸값이 목적? 말도 안 돼. 내가 범인이라면 더 부자로 보이는 녀석의 자식을 노리지."

린의 말이 맞다. 아이카와 마리는 어딘지 수상하다.

"허언이겠지. 실은 범인이 전화를 건 적이 없었던 거야."

"그 여자, 역시 거짓말을 한 건가?"

그 어머니의 언동은 온통 이해가 되지 않았다. 유괴범이 연락을 해왔다고 했으면서도 딸이나 범인에게 별로 관심이 없는 듯했다. 교섭을 하겠다는 열의도 느껴지지 않는다.

다시 말해서 전화를 걸었다는 범인 따윈 애초부터 없었던 것이다. 반바는 줄곧 그렇게 의심해왔다.

"그 사람, 처음에는 '딸이 없어졌다'고 했는데, 나중에 '유괴됐다'고 했지?"

"어. 정말로 유괴범이 전화를 걸었다면 처음부터 '딸이 납치당했다'고 했겠지."

그녀의 발언을 돌이켜보며 린은 고개를 끄덕인다.

딸이 어디 있는지 알고는 싶지만, 경찰에게는 알리고 싶지 않다. 그래서 탐정에게 의뢰했다. 그렇게 생각하는 게 타당하겠지.

"경찰과 얽히고 싶지 않은 이유가 뭔가 있겠지."

아이가 없어졌으니 경찰은 피해자 본인이나 그 가족을 철저하게 조사할 것이다. 평상시 생활환경이나 교우관계 등을 철저하게 파헤칠 것이다. 아이카와 마리에게는 그런 사태가 벌어지면 곤란할 만한 이유가 있다.

"혹시……."

린이 중얼거리듯 말했다.

"그 여자, 이쪽 인간 아냐?"

그 가능성도 고려해볼 수 있다. 그녀가 뒷세계와 연관이 있다면 경찰이 수사를 벌이는 것을 꺼려하는 게 당연하다.

후쿠오카 시내에서 유괴 사건이 벌어진 지 얼마 되지 않았는데도 어린 딸을 홀로 내보낸 저 무책임함도 마음에 걸린다.

그녀에게는 무언가 꿍꿍이가 있는 듯하다.

"여하튼 우선은 레나 짱의 행방부터 알아봐야겠지."

반바의 그 말을 신호로 린도 의자에서 일어섰다. 두 사람은 사무소를 나섰다. 그들이 향한 곳은 정보꾼이다.

* * *

인터넷 뉴스 사이트에 중국 국적의 인신매매업자가 체포되었다는 기사가 올라왔다. 중국에서는 한 해에 20만

명의 아이들이 행방불명된다고 한다. 인력이 부족한 농촌으로 많이 팔려간다고 하는데, 목적은 그뿐만이 아니다.

"……인신매매 말이지."

단골 카페에서 커피를 마시면서 에노키다는 혼잣말을 했다.

이번에 체포된 자들은 빙산의 일각일지도 모른다.

아시아의 인신매매 신디케이트는 복잡하다. 여러 범죄조직이 얽혀 방대한 네트워크를 구축하고 있다. 취급하는 상품은 아이부터 어른까지 폭넓다. 국내에서 팔려나가는 사람이 있는가 하면 지구 반대편까지 날아가는 사람도 있다.

인간의 용도는 다양하다. 노동력을 얻고자 노예처럼 부리는 경우도 있고, 강제로 매춘을 시키거나, 몸을 잘게 썰어서 파는 경우도 있다. 린시안밍처럼 뒷세계 조직에 팔려가 살인병기로서 육성되는 경우도 있겠지.

스스로를 업자에게 판 린은 예외이지만, 아이란 생물은 특히 무방비하다. 범죄자가 노리기 딱 좋은 먹잇감이다.

뉴스 사이트를 닫고 메일함을 열었다. 의뢰 메일이 도착해 있었다. 단골 마약상이 '아이를 학대하는 부모의 정보가 필요하다. 이름과 주소를 최대한 많이 알려줘'라고 주문했다.

메일을 읽고 에노키다는 고개를 갸웃거렸다. 어째서 마약상이 아동학대를 조사하는 걸까? 희한하다. 그러나 희한하기에 재밌다.

아동상담소 직원의 컴퓨터에 침입하여 조사보고서를 빼내는 건 간단하다. 당장 해킹을 시작하려고 했을 때 문득 인기척이 느껴졌다. 컴퓨터를 보나가 시선을 위로 올리니 눈앞에 낯이 익은 두 사람이 이쪽을 내려다보고 있다. 반바와 린이었다.

"……뭐야, 너희들이야?"

"여, 버섯 머리."

린이 한손을 들었다.

"둘이 함께 오다니 무슨 바람이 분 거야?"

반바는 에노키다 옆에, 린은 맞은편에 놓인 의자에 앉았다.

반바가 곧바로 본론을 꺼낸다.

"에노키다, 잠깐 알아봐줬으면 하는 게 있는데."

에노키다는 학대 건은 일단 미뤄두기로 마음먹고 그들 쪽으로 몸을 돌렸다.

"뭔데?"

"우리 사무소에 의뢰가 하나 들어왔어."

"아이를 찾아달래."

"또 아이가 실종됐어?"

불과 얼마 전에 후쿠오카 시내에서 남자 아동이 실종되

었다. 에노키다는 어깨를 들먹였다.

"마치 중국 같네."

지금 그 부모도 필사적으로 아이를 찾고 있을까? 사람은 자식이 피해를 입은 뒤에야 비로소 이 세상에 도사리고 있는 위험을 깨닫는다. 사건에 휘말리고 나서야 부모는 후회한다. 왜 홀로 내버려뒀을까, 하고.

그러나 후회해본들 때는 늦었다.

"언제 없어졌는데?"

"어제 오후 3시경이래."

현재 오후 3시가 넘었다.

"아마도 무사하지는 않겠지. 가엾게도."

유괴된 지 24시간이 지나면 생존률이 대폭 떨어진다는 건 유명한 이야기다.

"아이의 이름은?"

"아이카와 레나."

에노키다는 컴퓨터를 조작하여 개인정보를 들여다봤다.

"아이카와 레나……, 어머니는 아이카와 마리. 3년 전에 재혼. 슬하에 딸이 둘이 있는 모양이네. 장녀는 레나, 차녀는 아리스. 레나는 재혼한 남편이 데리고 온 딸이라서 아이카와 레나와는 혈연이 아냐."

"친구네 집에 놀러간다며 나간 뒤로 사라져버렸대. 친구네 집에도 가지 않았다고 하고. 이건 레나의 집과 그 친구가 살고 있는 맨션 주소. 레나의 행적을 쫓아주겠어?"

반바가 종이 한 장을 내밀며 말했다.

"해볼게."

종이에 적힌 두 주소를 연결 지어 그 경로 인근의 감시 카메라를 확인한다. 사라진 시간대의 영상을 살펴보니 그 여자애로 추정되는 아이를 발견할 수 있었다. 에노키다가 화면을 가리킨다.

"여길 봐. 방범 카메라에 찍혀 있어. 공원에 들어갔는데 그 뒤로 사라졌어."

공원을 들른 뒤로 아이카와 레나의 행방을 쫓을 수가 없었다. 그 어떤 카메라에도 찍혀 있지 않았다.

"이 부근은 주택가이고, 또 치안도 나쁘지 않아서 카메라가 적게 설치된 모양이네."

공원을 지나면 친구네 맨션이 있다. 범인은 그 맨션에 도착하기 전에 공원 주변에서 아이를 납치한 뒤 카메라 사각지대로 끌고 간 건가?

"맨션에 설치된 방범 카메라는?"

"없는 것 같아. 지어진 지 오래된 건물이라서 방범이 약해."

"요전에 벌어진 남자애 실종사건과 동일범의 소행인가?"

지난번에 사건이 벌어진 곳과 현장은 그리 멀리 떨어지지 않았다. 피해자는 모두 초등학생이다. 동일범의 소행으로 충분히 추정해볼 수 있다.

"그렇게 생각할 수도 있겠지만."

만약에 그 부근에서 아이가 납치되었다면 수상한 인물이 어슬렁거리는 광경을 인근 주민이 목격했을지도 모른다.

"일단 이 공원 부근에서부터 탐문을 시작하자."

반바가 제안하자 린은 고개를 끄덕였다. 그러고는 에노키다에게 말을 건다.

"넌, 이 엄마에 대해 알아봐줘."

"엄마? 아이카와 마리?"

"어. 이 여자가 뭔가 숨기고 있는 것 같아."

린이 말하자 에노키다는 히죽 웃는다.

"오케이."

뭔가 숨기고 있다는 말을 들으면 괜스레 조사하고 싶어지는 법이니까.

* * *

아이카와 레나가 놀러가기로 했던 친구네 맨션. 그리고 바로 눈앞에 그 공원이 있었다.

린은 차에서 내려 주변을 둘러봤다. 공원 주위에는 범죄와는 별 인연이 없을 것 같은 한적한 주택가가 펼쳐져 있다. 하교하는 초등학생의 모습도 보인다. 에노키다의 말대로 치안은 나쁜 것 같지 않다.

"이렇게 평화로운 곳에서 유괴 사건이 벌어질 줄이야."

"범죄는 때와 장소를 가리지 않잖아."

반바는 어깨를 들먹였다.

킬러가 할 말은 아니지, 하고 마음속으로 웃는다.

"그래서 어쩔래? 여기서 갈라져서 돌아다녀볼까?"

"아니, 오늘은 함께 돌자. 이 시간대에는 집에 주로 주부들이 있을 테니까."

느닷없이 낯선 남자가 방문한다면 경계하겠지. 여자처럼 입은 린이 옆에 있다면 상대도 편하게 입을 열겠지.

일단 맨션 주민부터 접촉해보기로 했다. 우편함을 확인해보니 이 맨션에는 101호부터 708호까지 있었다. 모두 56세대다. 정신이 아찔해진다.

첫 번째 집의 인터폰을 누르니 예상대로 주부로 보이는 중년 여성이 얼굴을 내밀었다.

"바쁘실 텐데 죄송합니다. 탐정사무소에서 나왔습니다만."

의혹을 사지 않도록 간략하게 인사를 끝낸 뒤에 본론으로 들어간다.

"이 아이를 보신 적 있습니까?"

초등학생이 찍힌 사진을 보이자 주부가 물끄러미 쳐다봤다.

"실은 이 아이는 의뢰인이 잃어버린 딸이라고 합니다. 그래서 행방을 찾고 있죠. 어제 저 공원에 있었다는 정보가 들어와서."

주부는 뺨에 손을 댄 채로 고개를 갸웃거렸다.

"글쎄, 본 적 없는데요……."

"그렇습니까? 고맙습니다."

첫 번째 타석은 헛스윙이었다. 인사를 한 뒤에 다음 집으로 향한다.

그 뒤에도 탐문 조사를 벌였지만, 단서는 찾을 수 없었다. 공원에서 아이가 노는 모습을 본 적은 있지만, 그 아이가 사진 속 인물인지 아닌지 확신할 수 없다는 이야기들뿐이었다.

시간과 노력을 들인 것에 비해 성과는 없었다. 지긋지긋해지기 시작했다. 아직 절반도 채 돌지 않았는데도 내팽개쳐버리고 싶어진다. 탐문 조사는 꽤 끈기가 필요한 작업이다.

맨션 계단을 오르면서 린은 고개를 푹 숙였다.

"시게마츠는 맨날 이딴 일만 하는 건가."

"그야 뭐, 형사니까."

"존경스럽구만."

주변이 어둑해지기 시작했다. 반바가 제안한다.

"오늘은 이 집을 마지막으로 할까?"

408호실 인터폰을 눌렀다.

3회 말

인터폰이 여러 번 울리고 있다. 잠시 뒤에는 문을 두드리는 소리로 바뀌었다. 또 그 사회복지사가 온 모양이다. 이대로 집에 없는 척 하기로 마음을 먹었는데, 아무래도 그럴 필요가 없는 듯했다.

"죄송합니다."

노크 소리와 함께 낯선 남자의 목소리가 들렸다.

마지못해 문을 여니 싹싹하게 웃고 있는 더벅머리 남자와 애교가 없는 젊은 여자가 서 있었다.

"이시하라 씨 맞으시죠?"

남자가 문패를 힐끔 보고 물었다.

"어, 맞긴 한데, 당신들 누구?"

이시하라는 갑자기 찾아온 방문객을 째려봤다.

"소개가 늦었습니다. 저희는 탐정 사무소에서 나왔습니다."

"……탐정?"

예기치 않은 손님에 경계심이 솟는다.

남자는 자신의 이름을 반바라고 밝혔다. 그러고는 한 장의 종이를 내밀었다. 사진이다. 아이가 찍혀 있다.

"어떤 의뢰를 받아 초등학생의 행방을 찾고 있습니다만……. 이 여자애를 본 적이 있습니까?"

이시하라는 사진을 받아든 뒤 물끄러미 쳐다봤다.

"……아니, 모르는데."

무심코 목소리가 상기되고 말았다.

"실은 이 아이는 의뢰인이 잃어버린 딸이거든요. 행방을 알아봐달라는 부탁을 받았습니다."

"아, 그래?"

탐정이 말하자 애써 무표정한 척 말한다.

"어제 이 부근에서 봤다는 정보가 들어와서요."

"못 봤어. 어제는 줄곧 일을 해서."

"……그렇습니까? 실례했습니다."

이시하라가 대답하자 남자는 미소를 지었다.

2인조가 떠나간다. 그들이 완전히 떠난 것을 확인한 뒤에 이시하라는 발걸음을 돌렸다. 그는 방 안에 있는 벽장으로 향했다.

벽장 문을 여니 안에 작은 아이가 있었다. 몸은 묶여 있고, 입에는 검정 테이프가 붙어 있다. 사진 속 여자애와 똑 닮은 아이가 눈앞에 있다.

"젠장, 그 녀석……."

이시하라는 혀를 찼다.

"일을 망쳤잖아."

그때였다.

"다녀왔습니다."

무미건조한 목소리가 들렸다. 아들이 돌아온 모양이다.

이시하라는 발을 요란하게 내딛으며 현관으로 향했다.

아들이 신발을 벗고 있었다. 중학교 1학년인데도 초등학생으로 보일 만큼 키가 작고, 몸이 말랐다. 밥을 잘 챙겨 먹지 않은 탓인지 발육이 부진하다. 얼굴은 창백해서 당장에라도 빈혈로 쓰러질 것만 같다. 길게 기른 앞머리에 가려진 표정은 늘 어둡다.

"탐정이 찾아왔잖아."

이시하라가 말하자 아들은 어리둥절해했다. 아둔한 저 머리에 짜증이 솟는다. 쉽게 이성을 잃는 것은 이시하라의 나쁜 버릇이다.

"그 꼬맹이를 찾으려고 우리 집에 탐정이 왔다고!"

참지 못하고 험악하게 외치자 아들이 몸을 흠칫 떨었다.

"이, 쓸모없는 놈 같으니."

무의식적으로 몸을 움직였다. 이시하라는 아들의 어깨를 밀쳤다. 아들은 비틀거리다가 현관에 쓰러졌다.

"내가 들키지 않도록 조심하라고 신신당부를 했잖아!"

이시하라는 아들의 머리카락을 움켜쥔 뒤에 뺨을 한 대 후려갈겼다.

이곳은 모퉁이에 위치했고, 더욱이 옆집은 비어 있다. 큰소리를 내더라도, 아이가 울며불며 비명을 질러도 아무도 신경 쓰지 않는다. 아무도 알아차리지 못할 거라는 여유가 이시하라의 폭력을 부추겼다.

"죄, 죄송해요. 죄송해요."

아들은 코피를 훔치며 더듬더듬 중얼거렸다.

"아, 아버지, 죄송해요."

"시끄러, 닥쳐."

이시하라가 오른팔을 쳐들었다. 바로 그때였다. 가슴팍에서 휴대전화가 울렸다. 주먹이 뚝 멈췄다.

분노로 떨리는 오른손을 그대로 품속에 넣은 뒤 휴대전화를 꺼냈다.

"예, 이시하라입니다."

"나야."

상사의 목소리가 들렸다.

"산조 씨, 고생하셨습니다."

"지금 사무소로 와줘. 할 얘기가 있으니까."

"알겠습니다. 바로 가겠습니다."

이시하라는 전화를 끊고 긴 한숨을 내뱉는다. 조금이나마 냉정을 되찾았다.

"......야."

현관에 뚝뚝 떨어진 아들의 코피를 힐끔 보고서 말을 내뱉는다.

"피, 닦아놔."

"죄송합니다."

이시하라는 기어들어가는 그 목소리를 들으며 집을 나섰다.

* * *

야마자키 쿠니오가 건넨 그 사진 뒷면에는 웹사이트 URL이 적혀 있었다. 사무소 컴퓨터에 URL을 입력하고 접속해보니 수상한 웹페이지가 떴다. 온통 새카만 공간 한가운데에 동영상만 박혀 있는 간략한 페이지였다.

산조는 부하들이 모인 곳에서 그 동영상을 재생했다.

고문하는 광경이 찍힌 동영상이었다.

목단이가 달린 교복을 입은 고등학생으로 보이는 인물이 의자에 앉아 있다. 입에는 검정 테이프가 붙어 있고, 손목과 발목은 의자에 묶여 있었다. 그 사진과 똑같은 광경이다.

"자기가 당하면 싫어할 짓을 다른 사람한테 해서는 안 된다고 학교 선생님이 안 가르쳐주시든?"

누군가가 말하고 있다.

그러나 목소리를 변조한 모양이다. 기계적인 목소리가 이어진다.

"두들겨 팬 뒤에 꼬리를 자르고 두 눈을 짓뭉갰어. 바로 네가 고양이한테 한 짓이라고. 우리 불쌍한 고양이. 많이 아팠지?"

고양이, 라고 말했다. 대체 무슨 이야기지?

앞으로 무슨 일이 벌어지려는 건가? 산조와 조직원들은 컴퓨터를 에워싸고 뚫어져라 화면을 쳐다봤다.

"지금부터 고양이가 받았던 고통을 너한테도 똑같이 맛보게 해줄 거란다."

잠시 뒤 영상이 전환되었다.

고등학생이 일방적으로 폭행을 당하고 있었다.

"……이게, 뭡니까?"

부하 중 하나가 참지 못하고 말했다.

"우리, 이제 스너프 비디오도 취급하기로 했습니까?"

"아니, 얜 야마자키 사장의 손자야."

산조가 대답했다.

"예?"

부하가 아연실색했다.

귀를 틀어막고 싶어지는 비명이 컴퓨터에서 들려왔다. 화면 속 남고생……, 야마자키 쇼타의 눈을 짓뭉개고 있는 중이었다.

"카메라를 보고 미안해요, 하고 말해보렴."

"미, 미안, 해요."

나이프에 찔린 두 눈에서 피와 눈물이 흘러내려 얼굴이 엉망진창이 되었으면서도 쇼타는 필사적으로 용서를 구걸했다.

"이제 안 해요, 안 할게요. 용서해주세요, 살려주세요."

"그때, 네가 죽인 그 고양이가 어떤 기분이었는지 좀 알았니?"

남고생이 사과를 했지만 상대는 손을 멈추지 않았.

야마자키 쇼타는 목이 잘리면서 화면 속에서 숨을 거두었다.

그 다음에 화면이 새카매졌다. 마치 피로 쓴 것 같은 '다음은 네 차례야'라는 문장이 떠오른 뒤에 동영상은 끝났다.

'그랬군.'

산조는 신음했다. 이 동영상을 통해 알아낸 것이 몇 가지 있다.

"야마자키 사장의 손자는 고양이를 여러 마리나 죽였어. 학대하는 광경을 찍어서 이 사이트에 올렸었지."

야마자키 쿠니오가 했던 그 말이 머릿속을 스친다.

……쇼타는 우리가 생각했던 것만큼 착한 아이가 아니었어.

그 말이 맞다. 야마자키 쇼타는 동물을 학대하는 것을 즐기는 잔혹한 고등학생이었다.

"그가 실종된 뒤에 이 사이트가 고쳐졌어. 누군가가 이 페이지에 방금 본 동영상을 올렸지."

"그럼 여기 적힌 '다음은 네 차례야'라는 말은……."

"이 사이트에는 학대가 취미인 녀석들이 모여. 그 녀석들한테 경고를 하는 거겠지. '학대를 하는 녀석은 같은 신세가 될 것이다' 하고."

누군가가 쇼타를 고문하여 사이트를 고친 뒤에 동영상을 올렸다. '가출한다'는 내용의 편지도 쇼타를 협박하여 쓰도록 시켰겠지.

쇼타를 납치하여 고문을 가한 자 말고도 웹사이트를 고칠 수 있을 만한 기술을 갖추고 있는 인물. 이 사건에는 여러 사람이 연루되어 있겠지만, 일단 먼저 주모자부터 밝혀내야만 한다.

"야마자키 사장한테 부탁을 받았어. 손자의 신변에 무슨 일이 벌어졌었는지 알아봐달라는군. 너희들, 뭐 아는 거 없나?"

부하들의 얼굴을 둘러보자 그중 하나가 목소리를 높였다.

"……아, 혹시……."

"카세, 뭐지? 어서 말해봐."

산조는 부하에게 어서 말하라고 재촉했다.

"어쩌면 복수대행업자가 저지른 짓일지도 모르겠는뎁쇼."

"복수대행업자?"

"방금 동영상 속에서 이렇게 말하지 않았습니까? '고양이가 받았던 고통을 너한테도 똑같이 맛보게 해줄 거란다' 하고. 그래서 하나 떠오르더라고요. 당한 것을 대신 갚아주는 '복수대행업자'라는 녀석이 있다는 소문을 예전에 들어본 적이 있어서."

"……복수대행업자라."

산조는 신음했다. 만약에 그 복수대행업자의 소행이라면 동영상의 내용과도 부합한다.

야마자키 쇼타는 고양이를 죽였다.

그리고 사랑했던 고양이를 쇼타 때문에 잃은 주인이 복수대행업자에게 의뢰했다.

산조는 다시 한 번 쇼타의 사이트에 올라온 동영상을 재생했다. 주모자의 발언을 주의 깊게 들었다.

……두들겨 팬 뒤에 꼬리를 자르고 두 눈을 짓뭉갰어. 바로 네가 고양이한테 한 짓이라고.

……지금부터 고양이가 받았던 고통을 너한테도 똑같이 맛보게 해줄 거란다.

……카메라를 보고 미안해요, 하고 말해보렴.

……그때, 네가 죽인 그 고양이가 어떤 기분이었는지 좀 알았니?

이 동영상에는 복수하는 일부 장면이 찍혀 있다. 처음에는 테러리스트나 진배없는 과격한 동물애호단체가 저지른 범행일 가능성이 높다고 추정했다. 그러나 '그 고양이'라는 단어가 부자연스럽다. 키우던 고양이의 복수를 했다고 생각한다면 납득이 된다.

"그래, 복수대행업자인가. 그렇군."

산조는 고개를 끄덕였다.

"……그래서? 그 복수대행업자를 어디서 만날 수 있지?"

"소개제라고 하던데요. 일찍이 그 녀석한테 한 번 의뢰했던 사람한테 연락처를 알아내는 방법밖에 없을걸요."

카세가 대답했다.

"정보꾼을 통해 소재지를 알아낼까요?"

나쁜 부하가 말했다.

"아니, 더 간편한 방법이 있습니다. 이것 좀 빌리겠습니다."

카세가 컴퓨터에 손을 뻗었다.

"뭘 할 작정이야?"

"뒷세계 정보가 모인 어둠의 사이트가 있는데, 거기서 복수대행업자에 대해 한번 물어보죠."

카세는 인터넷에 접속하여 '뒷골목 잡.com 후쿠오카판'이라는 사이트의 톱페이지를 열었다.

투고용 서식에 문자를 입력해나간다. 제목은 '복수대행업자의 정보가 필요하다'……. 산조는 거기까지 입력을 마친 부하에게 말을 걸었다.

"아니, 잠깐만."

"예?"

"이렇게 올리면 경계를 할 가능성이 있어. 손님인 척 가장하자. 제목은 '복수대행업자를 소개해주세요'라고 해."

"옙."

카세는 고개를 끄덕이고서 키보드를 치기 시작했다.

"본문은 '복수대행업자를 찾고 있습니다. 가증스러운 녀석이 있어서 앙갚음을 해주고 싶어요. 복수대행업자를 소개해준 사람한테는 사례하겠습니다' 이런 느낌이면 어떨까?"

"좋네요."

소개제라고는 하지만, 복수대행업자의 모든 고객들이 입이 무거울 리가 없다. 돈에 혹한 사람이 있다면 바로 접촉해올 것이다. 연락처는 일회용 메일 주소를 적어뒀다.

이것으로 일을 마쳤다.

"갑자기 모이라고 해서 미안해. 이제 돌아가도 좋아."

부하들이 해산하기 시작하자 산조는 그중 하나를 불러 세웠다.

"……맞다, 이시하라."

수염이 마구 난 무뚝뚝한 얼굴이 뒤를 돌아본다.

"예."

산조는 이시하라에게 새로운 사업을 총괄하는 역할을 맡겨두었다.

"그 건 말인데, 숫자는 제대로 맞출 수 있겠지?"

"문제없습니다. 기한 내에 목표치를 달성할 수 있을 겁니다."

이시하라가 대답했다.

"그래? 다행이네."

기일은 사흘 뒤. 시간이 그다지 없다.

산조는 문득 떠오르는 게 있어서 묻는다.

"……너, 노마파 녀석들이 살해된 사건을 아나?"

"예. 뉴스로 봤습니다."

이시하라가 고개를 끄덕였다.

노마파와 무타가와파는 예전부터 분쟁이 끊이질 않았다. 자기파 조직원이 그들을 죽였다고 오해한다면 복수를 시도할지도 모른다.

더욱이 노마파를 습격한 범인이 마찬가지로 마약 장사를 하는 무타가와파를 노릴 가능성도 충분히 있다.

"우리도 조심하는 편이 좋겠어. 우리 장사도 방해받을지도 몰라."

"그렇겠군요."

이시하라가 수긍했다. 성미가 급하고 쉽게 이성을 잃는 점이 옥의 티이지만, 그는 쓸 만한 부하다.

"누구 소행인지는 모르겠지만, 참 골치 아픈 짓을 저질렀구만. 나 참."

산조는 '하필 가장 바쁠 때에' 하고 속으로 생각하며 혀를 찼다.

＊　＊　＊

 새빨간 캠핑카 안에 마름모 무늬 벽지에 둘러싸인 방이 있다. 소파 위에는 인형들이 늘어서 있는데, 이쪽을 물끄러미 쳐다보고 있다.
 그 소파에 누워있던 손님이 드디어 눈을 떴다. 주변을 두리번거린 뒤 불안한 표정을 짓는다.
"여긴, 어디……?"
"여긴 메케들의 집."
 피에로가 손님의 얼굴을 들여다보며 대답했다.
"엄마는?"
"엄마는 없다. 메케의 엄마는 죽었다. 이제 없다."
"아냐, 내 엄마야. 내 엄마는 어디에 있어?"
"그런 거 몰라. 아하하."
 피에로가 어깨를 들썩이며 웃는다.
"그보다, 메케들이랑 놀자."
 피에로가 손님에게 바짝 다가갔다.
"이 아이의, 친구가 되어줘."
 피에로가 부탁하자 손님이 이맛살을 찌푸렸다.
"집에 돌아갈래."
"안 돼, 안 돼."

돌려보낼 생각은 없다.

"자, 메케를 봐."

피에로는 트렁크에서 도구를 꺼냈다. 클럽이라 불리는 곡예용 도구다. 그러나 보통 것보다 무겁다. 철로 된 특수 제작품이라서 그렇다. 완력을 키우라며 어렸을 적부터 이것으로 훈련을 시켜왔다.

세 개의 클럽을 능숙하게 다루면서 피에로는 저글링 기술을 선보인다.

"봐, 봐, 대단하지, 그치."

그러나 손님은 눈길도 주지 않는다. '엄마 보고 싶어' 하고 되뇌기만 할 뿐이다.

결국은.

"엄마……."

두 손으로 얼굴을 가린 채 울음을 터뜨리고 말았다.

작은 아이가 엄마, 엄마, 하고 되뇌며 울고 있다.

"……시끄럽네."

피에로가 중얼거렸다.

클럽으로 땅바닥을 내리쳤다. 커다란 소리가 울렸다. 그러고는 먹잇감을 노리는 짐승처럼 재빠른 몸놀림으로 눈앞의 아동을 덮쳤다.

"시끄러, 시끄러, 시끄러!"

피에로가 몸 위에 오르자 아이는 더욱 커다란 목소리로 아우성쳤다.

"시끄럽다고, 하잖아."

손바닥으로 그 작은 입을 뒤덮는다.

"닥쳐."

숨이 막혀서 아이가 바둥거리고 있다. 피에로는 아랑곳하지 않고 아이의 입을 억지로 틀어막았다.

바로 그때 갑자기 날카로운 전자음이 울렸다. 메일 수신음이다. 피에로는 아이의 입에서 손을 뗀 뒤 휴대전화를 확인했다.

아무래도 부탁했던 자료가 들어온 모양이다.

아이는 꼼짝도 않고 있었다. 죽은 줄 알았는데 숨은 붙어 있다. 그저 기절만 한 모양이다. 그러나 이미 그에게는 볼일이 없다. 친구가 될 수 없는 아이는 필요 없다.

피에로는 캠핑카 문을 열고서 공터를 향해 아이를 내던졌다. 풀밭 위를 구르는 작은 몸을 지켜본 뒤에 방으로 돌아온다.

그 뒤에는 평소처럼 좋아하는 음악을 틀었다. 곡은 오페라「팔리아치」의「의상을 입어라」……. 나가기 전에 반드시 듣는 곡이다.

Vesti la giubba(의상을 입어라)
e la faccia infarina(그리고 얼굴에 하얀 분을 칠해라)

남자의 목소리가 작은 방 안에 울린다.
곡에 귀를 기울이면서 피에로는 받은 자료를 훑어봤다.
첫 번째 장에 적힌 이름은…… 아이카와 마리.
아이카와 마리, 주소는 후쿠오카시 하카타구.
보고서를 읽으며 표적의 정보를 머릿속에 주입한다.

ridi, pagliaccio……(대답해, 팔리아치……)
e ognuno applaudirà!(그러면 모두가 갈채하게 될 거야!)

……맞아, 모두가 갈채하겠지.
가슴이 뛴다. 피가 들끓는다.

Tramuta in lazzi lo spasmo ed il pianto;(바꿔라, 고통과 눈물을 익살로)
in una smorfia il singhiozzo e'l dolor……(흐느낌과 고뇌는 웃음으로……)

자, 출발이다.

운전석으로 이동하여 피에로는 운전대를 쥐었다.

Ridi, Pagliaccio,(대답해, 팔리아치,)
sul tuo amore infranto!(네 부서진 사랑을!)
Ridi del duol che t'avvelena il cor!(대답해, 네 마음에 독을 주입한 비탄을!)

......지금부터 나는 이 세계를 구하러 간다. 독에 물든 이 세계를.

멜로디를 흥얼거리면서 피에로는 가속페달을 밟았다.

* * *

탐정에게서 연락은 없다. 딸을 아직 찾지 못했다.

그러나 아이카와 마리의 마음은 평온했다. 오히려 이대로 발견되지 않으면 좋겠다는 생각마저 들었다. 그 아이는 필요 없는 아이다. 자신의 딸이 아니다. 그 여자......, 가증스러운 전처의 딸이다.

레나는 그야말로 눈엣가시였다. 그 아이의 양육비로 사라져가는 돈을 볼 때마다 '이 아이만 없다면......' 하고 생각했다. 이 아이만 없다면 그 돈을 오로지 친딸인 아리스에게 쓸 수 있을 텐데. 귀여운 딸을 학원에도 보내고, 마음껏 투자할 수 있을 텐데.

시계를 본다. 슬슬 딸이 학교에서 돌아올 시간이다. 오늘은 집단 하교를 하는 바람에 평소보다 귀가 시간이 조금 늦다.

그때였다. 현관에서 무슨 소리가 들렸다.

딸이 돌아온 모양이다. 잠시 뒤에 거실 문이 열렸다.

"어서 오렴, 아리스……."

고개를 들고 앞을 바라본 아이카와 마리의 얼굴이 얼어붙었다.

……딸이 아니다.

남자다.

더욱이 범상치가 않다. 피에로처럼 화려하고 기묘한 복장을 입은 이상자였다.

마리는 갑작스러운 침입자를 보고 눈을 번쩍 떴다. 공포가 온몸을 휘감자 히익, 하는 비명이 작게 새 나왔다.

도움을 요청하려고 해도 목소리가 잘 나오지 않는다.

그 피에로는 휘파람을 불면서 이쪽으로 다가왔다. 마리는 황급히 부엌으로 달아났다.

"누, 누구야, 당신……."

곧바로 근처에 있던 부엌칼을 집었다. 떨리는 두 손으로 칼자루를 꼬옥 쥐고서 남자를 향해 겨눴다.

"다, 다가오지 마요!"

그러나 남자는 발걸음을 멈추지 않는다.

피에로는 손에 무언가를 들고 있었다. 그것을 빙글빙글 돌리며 히죽히죽 웃으면서 다가온다.

마리가 부엌칼을 마구 휘두르자 남자는 "아하하" 하고 즐겁게 웃으며 피했다. 마치 놀고 있는 것처럼.

이내 피에로는 둔기를 높이 쳐들고서 마리의 머리를 가격했다. 충격과 함께 강렬한 통증이 일어 눈앞이 아찔해졌다. 마리는 제자리에서 쓰러졌다.

피에로는 손을 멈추지 않았다. 연거푸 내리쳤다. 둔탁한 소리가 들렸다. 그때마다 마리의 몸이 꿀렁꿀렁 흔들렸다.

머리가 깨지는 감촉과 함께 뜨끈한 액체가 얼굴을 타고 흘러내렸다. ……피였다.

4회 초

 이제부터 한동안은 그 아동을 찾는 데 시간을 쓰게 될 것 같다. 린은 평소보다 일찍 일어나 세수를 했다. 반바는 이미 몸치장을 마쳤다.
 "……배고파."
 린이 하품을 참으며 중얼거리자 반바가 "라멘이라도 끓일까?" 하고 싱크대로 향했다. 찬장 안에서 쟁여둔 컵라멘을 꺼내려고 했다.
 "아니, 오늘은 밥을 먹고 싶어."
 요즘에 계속 라멘만 먹은지라 다른 걸 먹고 싶었다.
 "명란젓, 아직 남아 있지?"
 그러나 밥솥 안이 텅 비어 있다.

린이 성가신 요청을 하자 반바는 약간 떨떠름한 얼굴로 승낙했다.

"……별 수 없지."

잠시 뒤에 밥을 짓는 소리가 들려왔다.

반바가 밥을 짓는 동안에 린은 뉴스라도 보려고 텔레비전을 켰다. 새로운 사건이 보도되고 있다.

"하카타구에 사는 주부인 아이카와 마리 씨가 자택에서 살해되었습니다. 귀가한 차녀가 유해를 발견하고……."

아이카와 마리……, 어디서 들어본 이름인데.

린은 이내 그 이름을 떠올리고서 눈을 크게 떴다.

"……진짜냐?"

어젯밤에 온 의뢰인이다. 텔레비전에 나온 사진을 보니 틀림없는 그 어머니였다.

"……야, 반바."

린은 개수대 앞에 서 있는 반바에게 말을 걸었다.

"반바!"

"조금만 더 기다려. 지금 불 위에 앉힐 거야."

"밥은 됐어! 이걸 좀 봐."

린은 텔레비전을 가리키며 외쳤다.

반바가 젖은 손을 닦으면서 이쪽으로 다가온다. 텔레비전을 쳐다보고는 "아" 하고 중얼거렸다.

"저 어머니가 살해당했잖아."

느긋하게 밥이나 먹고 있을 때가 아니다. 린과 반바는 서로를 마주본 뒤에 이내 사무소를 뛰쳐나갔다.

"왜 맨날 성가신 의뢰만 날아드는지 모르겠네. 너희 사무소는."

자초지종을 일부 들은 에노키다가 평소보다 더 즐거워하며 말했다.

반바가 지긋지긋하다는 표정으로 말했다.

"……나도 알고 싶어."

린과 반바는 사무소를 나서고서 곧장 나카스로 향했다. 에노키다는 늘 그렇듯 그 카페에 있었다. 두 사람은 간식을 먹고 있는 그를 에워싸고서 뜻밖의 전개가 벌어졌음을 들려주었다.

"그래서 어떻게 됐어? 뭐 좀 알겠어?"

린이 물었다.

에노키다에게 아이카와 마리를 조사해달라고 부탁해놨었다. 그는 컴퓨터 화면을 보며 성과를 보고했다.

"조사해봤는데 아이카와 마리는 그냥 일반인이었어."

"진짜?"

"조상들도 살펴봤는데 뒷세계와 아무런 연관이 없어.

단······, 이 여자는 아상을 드나들었던 모양이야."

"아상?"

"아동상담소. 딸을 학대했다는 혐의로 조사를 받았어. 이게 그 보고서."

반바와 린은 넘겨받은 종이를 동시에 들여다봤다.

"히스테릭한 비명과 아이가 우는 소리가 들린다고 인근 주민이 신고를 했어. 직원이 집을 방문해보니 장녀인 레나의 얼굴에 커다란 멍이 나 있었지. 면담을 해보니 엄마는 딸이 넘어져서 멍이 났다고 주장했어. 레나도 엄마의 잘못을 감쌌고. 그래서 아상도 손을 쓸 수가 없었지. 결국 엄마의 품에서 떨어뜨려 시설에서 보호하질 못했지."

"그랬구나. 그래서 경찰한테 신고를 못 했던 거구나."

반바가 신음했다.

아이카와 마리가 경찰이 아니라 탐정에게 도움을 요청한 이유. 줄곧 마음에 걸렸었는데 이제야 궁금증이 풀렸다.

그녀는 학대가 발각될까 봐 두려웠던 것이다.

"혹시 실종 자체가 거짓말인 거 아냐?"

학대가 지나쳐 딸을 그만 죽이고 말았다. 그래서 사체를 처분하고서 실종한 것처럼 꾸미려고 했을······ 가능성도 있다.

"그럴 수도 있겠지."

에노키다가 코웃음을 쳤다.

"뭐, 본인한테 물어보지 않는 한 알 수가 없지."

진상을 아는 유일한 인물이 지금 이 세상에 없다.

"아이카와 마리를 살해한 범인을 알아낼 수 없나?"

이 남자라면 무언가 다른 정보를 쥐고 있겠다 싶었는데, 예상이 맞았다.

"이걸 좀 봐."

에노키다가 컴퓨터 화면을 이쪽으로 돌린다. 살인현장이 찍힌 사진이 떠 있었다. 피를 흘리고 있는 여자가 거꾸로 매달려 있다.

"아이카와 마리의 유해야. 시게마츠 씨가 몰래 보내줬어. 이게 또 재밌더라고."

에노키다가 키를 누르자 화면이 확대되었다. 피해자의 얼굴이 크게 부각되었다.

"뭐야, 이게……."

린의 눈이 휘둥그레졌다.

사체의 얼굴에 무언가가 페인트로 칠해져 있었다. 양쪽 뺨에 하트 마크가 그려져 있다. 일그러진 하트다. 마치 아이가 휘갈긴 낙서처럼.

"범인이 사체의 얼굴에 그렸어. 피해자의 피로."

"왜 이런 짓을."

린은 이해가 되지 않아서 고개를 갸웃거렸다.

"이른바 서명적 행동이라고 하지."

"……서명적 행동?"

"자신이 죽였다는 증거를 유해나 현장에 남겨두는 거야. 이런 행동을 하는 인간은 두 부류밖에 없어. 사이코패스나, 혹은……."

"킬러."

반바가 중얼거리듯 말하자 에노키다가 "맞아" 하고 수긍했다.

"요전에 노마파 야쿠자가 살해된 사건이 벌어졌었지?"

에노키다가 다른 사진을 띄웠다.

"이건 그 사건의 현장 사진이야. 약을 넘기던 도중에 습격을 받은 모양이야."

"……똑같네."

린은 사진을 보고 중얼거렸다.

현장에는 세 구의 남자 사체가 있었다.

하나같이 아이카와 마리와 똑같은 방식으로 살해당했다. 피를 흘리며 거꾸로 매달려 있다. 그뿐만이 아니다 얼굴에 칠해진 낙서마저 똑같았다.

"맞아. 이 사건의 피해자들한테서도 마찬가지로 서명적 행동이 발견됐어."

"모방범일 가능성은?"

"그건 아닐걸. 범인이 얼굴에 낙서를 하고서 사체를 거꾸로 매달았다는 정보는 매스컴에서 떠들지 않았으니까."

모방할 수 있을 리가 없다. 범인이 수사관계자가 아닌 한.

"더 깊숙이 파헤쳐봤더니 과거에도 똑같은 사건이 여럿 벌어졌더라고. 노마파처럼 마약을 취급하던 야쿠자나 마약 딜러들이 같은 수법으로 살해됐어. 뭐, 마약을 세상에 푸는 해충을 구제해준 셈이라 경찰도 '폭력단끼리의 항쟁'으로 수사를 정리하고서 애써 덮어두고 있지만."

그러나 그 사건들과 이번 사건과의 연관성이 보이지 않는다. 반바도 고개를 갸웃거린다.

"마약을 취급하는 녀석들과 자식을 학대하는 어머니……. 표적이 아예 다른데?"

"그렇지. 사이코패스 연쇄살인마는 보통 특정한 카테고리에 속하는 인간을 표적으로 삼거든."

에노키다가 들뜬 목소리로 말했다.

금발을 좋아하면 금발 여자만 노린다. 덩치가 큰 남자에게 원한이 있다면 덩치가 큰 남자만 표적으로 삼는다. 범인의 정체가 사이코패스라면 비슷한 먹잇감만 노려야 한다.

그러나 두 사건의 피해자들은 서로 판이하다.

"그렇다면 킬러의 짓인가?"

"그렇게 생각하는 게 타당하겠지만, 어쩐지 아닌 것 같단 말이지."

에노키다가 모호한 투로 대답했다.

그러자 반바가 에노키다의 얼굴을 물끄러미 쳐다봤다.

"……에노키다. 뭐 아는 거 있지?"

반바가 눈을 가늘게 뜬다.

"어? 무슨 얘기야?"

에노키다가 시치미를 뗐다.

"숨겨도 소용없어."

반바가 날카로운 목소리로 따지자 에노키다는 체념했다.

"반바 씨는 당해낼 수 없다니까."

애초에 숨길 생각도 없었겠지. 에노키다는 조금도 주눅들지 않고 실실 웃고 있다.

"실은 말이지. 아이카와 마리가 살해된 건 내 탓이야."

"뭐? 그게 무슨 뜻이냐?"

예상치 않은 발언에 린은 미간을 찡그렸다.

"살해된 이 남자 말이야."

에노키다가 세 구의 사체 중 하나를 가리켰다.

"내 손님이었어. 그한테 자주 정보를 흘렸거든. 어제도 의뢰가 들어왔었어. '학대하는 부모에 관한 정보가 필요하다'고. 그런데 의뢰를 한 시각에 그는 이미 살해된 상태였어."

죽은 남자가 의뢰를 한다. 그런 기묘한 이야기일 리가 없다.

"다시 말해 범인이 이 남자인 척 에노키다한테 의뢰를 했다는 뜻?"

"그렇겠지. 그래서 난 아상의 보고서를 모아서 보내줬지. 그중에는 아이카와 마리와 딸에 관한 정보도 담겨 있었어. 그리고 그 이튿날에 아이카와 마리는 사체로 발견됐고."

아이카와 마리가 살해된 건 내 탓이야……. 에노키다의 말이 틀린 것은 아니다. 에노키다에게 정보를 보내달라고 부탁했던 인물과 아이카와 마리를 살해한 범인이 다른 인물일 가능성은 대단히 낮다. 에노키다의 정보가 그녀를 죽음으로 내몬 것이다.

에노키다는 상대가 가짜라는 걸 알면서도 일부로 정보를 보냈던 게 아닐까? 린은 자꾸만 그런 의심이 들었다. 이 영리한 남자가 가짜 고객을 알아보지 못할 리가 없다.

"네 특기인 해킹으로 범인의 소재지를 파악할 수는 없나?"

"나도 찾아봤지만, 이미 휴대전화를 버렸더라고. 한발 늦었어. ……이걸 좀 봐. 새로운 사건이야."

에노키다는 스마트폰을 꺼내 두 사람에게 화면을 내밀었다.

인터넷 뉴스 사이트에 후쿠오카 시내에서 벌어졌던 살

인사건 기사가 올라왔다. 피해자의 이름은 아오야마 료지. 32세, 회사원.

"이 남자도 아들을 학대해서 아상을 들락거렸었지."

이 사건도 동일범의 소행이겠지.

"다시 말해서 넌 살인범한테 먹잇감을 줬다는 거냐? 그 녀석한테 대체 몇 명의 정보가 담긴 보고서를 보낸 거야?"

"모두 합쳐서 서른 명."

에노키다는 그렇게 말하고서 종이 다발을 탁자 위에 올렸다. 이것이 그가 모은 학대 정보인 것 같다.

자료를 눈으로 훑어본다. 아이카와 마리, 아오야마 료지, 이시하라 히로시, 우에다 카즈미……. 서른 명의 이름을 훑어보며 린은 한숨을 내쉬었다.

"네 정보 때문에 여기 적힌 서른 명이 희생될 거다. 반성 좀 해라."

"뭐, 미안하다는 마음은 있는데?"

에노키다가 웃으면서 말했다.

린은 속으로 뻥치고 있네, 하고 중얼거렸다. 이 남자가 반성 따윌 할 리가 없다.

"……저기, 붉은땅노린재라고 알아?"

에노키다가 뜬금없이 그 단어를 내뱉자 두 사람은 고개를 갸웃거린다.

"모르는데. 무슨 얘기야?"

"붉은땅노린재는 육아를 하는 벌레야. 자기 자식을 위해서 먹이를 구해오지. 대단하지 않아?"

에노키다는 종이 다발을 힐끔 보고서 비아냥거리듯 말했다.

"벌레조차도 자식을 키운다는 거야. 그런데 이 녀석들은 밥도 챙겨주지 않고, 자식한테 허구한 날 폭력을 휘둘렀어. 그런 최악의 부모들이 살해당했는데 누가 슬퍼하겠어?"

역시 반성하지 않았다.

린이 완전히 뻔뻔하게 구는 정보꾼을 곁눈으로 노려보고 있으니 잠자코 있던 반바가 입을 열었다.

"……범인의 목적이 뭘까?"

마약을 유통시키는 관계자들을 죽이러 돌아다니는가 싶더니만, 이번에는 아동 학대 가해자를 표적으로 삼았다. 암살 의뢰를 수행하고 있다기보다는 해치우기로 결심한 집단의 인간들을 무차별적으로 살해하고 있다는 인상을 받았다.

범인의 목적을 모르겠다. 그러나 이 말만은 할 수 있다. 범인의 정체가 킬러든 사이코패스 연쇄살인마든 한동안 그는 범행을 멈추지 않겠지.

"아이카와 마리를 죽인 녀석이 아이를 유괴했을 가능성은?"

"그럴 가능성은 없지. 내가 정보를 넘겨주기 전에 딸이 유괴됐으니까."

이번 살인사건이 이이카와 레나의 실종과 관련이 있다면 무언가 단서를 얻을 수 있을 텐데. 일이 잘 풀리지 않을 모양이다.

"너희들은 이제 어떻게 할 거야? 의뢰인이 죽었으니 이제 사건에서 발을 빼도 되잖아?"

에노키다가 물었다.

"아이가 사라졌는데 못 본 척할 수는 없지."

"어차피 이미 죽었을 텐데."

"……넌 참 가차 없네."

"만약에 요행히 구출되더라도 그녀는 앞으로 줄곧 정신적인 고통을 견뎌내며 살아가야 해."

에노키다는 마리의 사체가 찍힌 사진을 쳐다보며 중얼거렸다.

"알아? 아동학대 건수가 한 해에만 6만 건이 넘는대. 1990년 이후로 계속 증가하고 있어. 발각되지 않은 학대까지 집어넣으면 건수가 엄청나게 불어나겠지."

그중 지극히 일부 아이만이 뉴스를 통해 세상에 알려진다.

우리가 모를 뿐 일본에서는 수많은 아이들이 보호자의 학대에 시달리며 살고 있다.

"이 나라는 병들었어. 약물에다가 학대……. 범인이 왜 살인을 저지르고 싶어졌는지 마음은 알 것 같아."

에노키다의 말은 늘 하던 농담처럼 들리지 않았다.

* * *

예전만큼 빈번하지는 않지만, 종종 옛날이 떠오르곤 한다.

텔레비전을 보고 있을 때나 자기 전, 혹은 이불 속에 있을 때. 지금처럼 학교에서 사색에 잠겨 있을 때. 그럴 때마다 불현듯 과거의 기억이 머릿속을 스친다.

턱을 받치고 칠판을 보고 있으면서도 미사키의 눈앞에는 몇 년 전 광경이 펼쳐져 있었다.

……그 남자는 최악이었다.

죽어도 싸다고 생각했다.

엄마는 왜 이딴 남자를 좋아하게 된 거지?

미사키는 의아해서 미칠 것 같았다.

엄마가 데리고 온 새아빠는 일을 하지 않고, 맨날 파칭코와 마작에만 몰두했다.

엄마가 주의를 주면 새아빠는 화를 냈다. 닥쳐, 잘난 척하지 마, 여자 주제에. 그런 말을 하면서 엄마를 때렸다.

새아빠의 폭력은 나날이 심해져갔다. 기분이 언짢아지면 당시에 아직 네 살이었던 미사키에게까지 화풀이를 했다. 엄마가 나무라면 더욱 화를 내며 또 폭력을 휘둘렀다.

집이 싫었다. 이곳에 있으면 기분이 나빠진다.

식탁에 모여서 밥을 먹는 시간도 너무나도 싫었다.

밥은 맛이 없고 된장국은 식어빠졌어. 내가 싫어하는 거 차리지 마……. 가족끼리 식탁에 둘러앉는 시간에 언제나 새아빠는 욕지거리를 내뱉었다.

그의 심기를 거스르지 않으려고 미사키는 늘 조용히 음식물을 입에 넣었다. 조금이라도 흘리면 남자는 버럭 화를 냈다. 더럽게 처먹지 말라면서 침과 밥알을 튀기며 호통을 쳤다. 그리고 얌전하게 밥을 먹으면 이번에는 태도가 마음에 들지 않는다거나, 어른을 놀린다면서 얼토당토않은 시비를 걸었다.

새아빠의 부조리한 불만은 나날이 커져만 갔다. 그러나 네 살짜리 아이가 할 수 있는 일은 전혀 없었다. 저항할 수단도, 힘도 없어서 그저 태풍이 지나가기만을 기다렸다.

이 지옥이 언제까지 계속될까?

매일 얻어맞는 엄마를 멀리서 바라보면서 미사키는 새아빠의 기분이 빨리 풀리기만을 바랐다.

그러던 어느 날이었다. 엄마가 없어졌다.

미사키를 내버려두고 집을 나간 것이다.

이제 엄마는 얻어맞지 않겠지. 다행이다. 미사키는 그렇게 생각했다. 그러나 그녀의 마음속에서 커다란 상실감과 절망이 꿈실거렸다.

……난 버림받았어.

엄마만은 자기를 지켜줄 거라고 믿었건만.

남자와 단둘이서 사는 건 비참했다. 유치원에도 보내주지 않아서 미사키는 늘 집에 붙어 있었다. 남자가 파칭코를 하러 나간 사이에 냉장고를 뒤져서 배를 채웠고, 말을 까먹지 않도록 교육방송이나 드라마를 봤다.

늘 허기가 졌고, 위생은 불결했다. 열악한 환경이었다. 그뿐만이 아니었다. 지옥은 더더욱 가혹해져갔다. 여자에게 버림받은 그 남자는 미쳐버렸다. 지금까지보다 더 술에 찌들었다.

그리고 그는 스트레스를 미사키에게 풀기 시작했다.

남자는 밤이 되면 미사키에게 술을 따르도록 강요했다. 네 살짜리인 미사키에게 무거운 술병을 들려 따르라고 명령했다. 조금이라도 술을 흘리거나, 원하는 만큼 따라주지 않으면 남자는 큰소리로 욕설을 내뱉으며 미사키의 머리를 때렸다. 학대는 점점 심해져만 갔다. 남자는 사소한 트

집을 잡아 매일 미사키에게 폭력을 휘둘렀다. 미사키는 엄마 대신이었다. 미사키는 계속해서 참았다. 늘 몸에 힘을 주고 다녔다. 언제 맞더라도 견딜 수 있도록.

한 번은 남자가 심하게 배를 걷어차고, 팔을 꺾은 바람에 오른팔과 갈비뼈가 부러진 적이 있었다. 미사키를 병원으로 데리고 간 남자는 의사에게 '친구와 싸우다가 다쳤다'고 강조했다. 의사가 학대를 의심하자 남자는 전전긍긍했다.

그날부터 남자는 취미를 바꾸었다.

"……야, 이리 와."

밤이 되자 남자는 미사키를 불렀다. 담뱃불을 붙여 입에 물고는 따르라며 한 되짜리 사케병을 미사키에게 들이밀었다.

미사키는 작은 손으로 술병을 쥐었다. 힘을 주어 들어올렸지만, 너무 무거워서 팔이 덜덜 떨렸다. 남자가 들고 있던 좁은 잔 밖으로 술이 흘러 남자의 손을 적시고 말았다.

"그것도 하나 못 따르냐, 이 멍청아."

남자는 평소처럼 호통을 치고서 미사키의 팔을 쥐었다. 도망치지 않도록 붙든 뒤 몸을 바닥에 눕히고서 그 위에 올라탔다.

남자는 미사키의 옷을 걷어 올렸다. 물고 있던 담배를 들고는 그 불로 미사키의 등을 지졌다.

입에서 비명이 튀어나왔다.

뜨거워.

아파.

무서워.

울부짖는 미사키의 위에서 남자는 웃으면서 몇 번이고 담뱃불로 몸을 지졌다. 그때마다 슈욱 하고 살이 타는 소리가 들렸다. 격통이 일었다.

너무나도 공포스럽고 아픈 나머지 미사키는 오줌을 지렸다. 남자가 "오줌 지렸냐? 더러운 년" 하고 욕설을 내뱉었다. 몸 위에 올라타고 있던 남자가 뒤로 물러서자 미사키는 그 틈에 황급히 벽장 안으로 숨어들었다.

"야, 나와!"

남자가 호통을 치며 점점 다가온다. 평소보다 더 험악했다.

이러다가 죽겠구나 싶었다. 떨림이 멎지 않았다.

"내가 나오라고 했잖아!"

남자가 팔을 뻗어 미사키의 다리를 쥐었다. 밖으로 질질 끌려 나가려는 순간이었다.

"⋯⋯하이, 안녕."

이곳 분위기와 어울리지 않는 태평한 목소리가 들려왔다.

"⋯⋯아?"

새아빠가 미사키의 다리에서 손을 떼고서 목소리의 주인공을 돌아봤다. 누군가가 느닷없이 침입하자 놀란 눈치였다.

"뭐야?"

미사키도 벽장 틈새로 밖을 엿보았다.

"문이 열려 있어서 한 번 들어와 봤지요."

방 안에 낯선 남자가 서 있다. 남자이면서 말투는 여성스럽다.

"어머, 술 냄새."

"네 놈은 누구냐? 아아?"

새아빠가 외쳤다.

"복수대행업자입니다."

……복수대행업자?

그가 누구인지 어린 미사키는 짐작도 할 수 없었다. 적인지 아군인지 모르겠다.

남자가 어리둥절해 하자 복수대행업자가 사정을 설명한다.

"네 부인이 의뢰를 맡겼거든. 매일 남편한테 심한 폭행을 받으며 살아왔는데 그 복수를 해달라고 말이야."

그 뒤에 복수대행업자는 남자의 멱살을 잡고서 얼굴을 흠씬 때렸다.

몇 번이고, 몇 번이고 때렸다.

미사키는 그 광경을 그저 묵묵히 쳐다봤다.

늘 거만한 태도로 엄마와 자신에게 폭력을 휘둘렀던 저 남자가 맞고 있다. 얼굴은 팅팅 부었고, 입에서는 피가 질질 흘러나왔다. 한심하게 비명을 지르면서 살려달라고 애원하고 있다.

잠시 뒤에 남자는 기절했다.

"⋯⋯어머?"

복수대행업자가 미사키의 존재를 눈치챘다. 놀랐는지 눈이 동그래졌다.

⋯⋯들통났어!

미사키는 두려움에 떨며 굳어버렸다.

"이쪽으로 오렴."

복수대행업자가 손을 뻗었다.

"아무 짓도 안 할 테니 괜찮아."

그가 상냥하게 웃었다.

미사키는 조심스럽게 그 손을 쥐었다. 벽장 밖으로 나온 미사키의 머리를 복수대행업자가 살며시 쓰다듬었다.

"이제 괜찮아. 아주 잘 참아냈어."

그 손은 커다랗고 따뜻했다.

"⋯⋯복수대행업자."

미사키는 눈물로 범벅이 된 얼굴로 그를 올려다봤다.
"새아빠를 쓰러뜨려줘서 고마워요."

4회 말

복수대행업자에 대한 조사는 순조롭게 진행되고 있었다.

그날 '뒷골목 잡.com'에 올라온 게시글을 보고 어떤 남자가 연락을 해왔다.

부하 중 하나가 이야기를 들어봤더니 그 정보제공자는 수개월 전에 복수대행업자에게 복수를 의뢰했다고 한다. 그 역시 다른 사람에게서 소개를 받았다고 했다.

그는 복수대행업자와 연락을 주고받다가 시내의 어느 가게에서 만났다. 상대는 서른 살 전후의 나긋나긋하고 키가 큰 남자였다고 한다.

복수대행업자를 붙잡아서 야마자키 쇼타를 자신이 살해

했다고 불게 하라. 그것이 산조의 명령이었다. 다소 거칠게 다루는 건 용납하지만, 목숨만은 거두지 말라고 했다. 복수대행업자의 생사여탈권은 의뢰인인 야마자키에게 있다.

이시하라를 포함한 조직원들은 정보제공자의 소개로 복수대행업자와 접촉했다. 서로 일회용 메일 주소로 연락을 주고받았지만, 별 문제없이 만나기로 약속을 잡았다.

오늘 오후 9시. 장소는 나카스의 'Smokin' hot'이라는 바다. 이쪽이 그곳에서 만나자고 지정했다.

이시하라는 차를 타고 자택을 나선 뒤에 조직사무소 앞에서 카세라는 연하의 조직원을 태웠다. 카세를 조수석에 앉힌 뒤 나카스로 향한다.

"……왜 그럽니까? 이시하라 씨."

이시하라가 백미러를 자꾸만 쳐다보자 카세가 의아해하며 물었다.

"……저 차가 우리 뒤를 밟고 있는 것 같아."

다시금 백미러를 본다. 차량 몇 대쯤 뒤에서 새빨간 캠핑카가 달리고 있다. 자택을 나섰을 때부터 봤던 차량이었다.

"어떤 차인데요?"

"저기 빨간 차."

카세는 뒤를 돌아 그 차량을 확인하고서 웃어넘겼다.

"저렇게 눈에 띄는 차로 미행을 하는 녀석은 없죠."

카세의 말이 맞다. 미행치고는 어설프다.

"뭐, 만약을 위해서 따돌리도록 하지."

이시하라는 운전대를 꺾었다. 약속시간까지 10분쯤 여유가 있다. 조금 길을 우회하더라도 문제는 없을 것 같았다.

5회 초

보호하고자 집으로 데리고 온 미사키의 모습은 처참했다.
며칠째 목욕도 못 한 모양이었다. 입고 있는 옷도 세탁을 제대로 한 적이 없는지 꾀죄죄했다. 시큼한 냄새도 났다.
여하튼 빨리 씻겨줘야겠다.
"먼저 목욕부터 할까?"
집으로 데리고 가는 동안에 그녀는 시종 말이 없었다. 지금도 그렇다. 지로가 말을 걸었는데도 대답을 하지 않았다. 그저 고개만 끄덕일 뿐이었다.
"옷, 혼자서 벗을 수 있겠니?"
그녀는 옷을 벗고자 팔을 올렸다. 그런데 도중에 움직임이 뚝 멈췄다. 그녀가 순간 얼굴을 찡그렸다. 몸 어딘가가 아픈 모양이다.

그녀는 입을 다문 채로 고개를 가로저었다.

"……팔을 다쳤구나. 찢을까?"

어차피 더러워진 옷을 버릴 작정이었다.

그녀는 고개를 끄덕였다.

가위로 옷 뒷부분을 찢었다. 그녀를 더러운 넝마에서 빼내고서 지로는 경악했다.

그녀의 상반신에는 수많은 멍이 나 있었다. 생긴 지 얼마 안 된 시퍼런 멍부터 거뭇하게 변색된 오래된 멍까지 다양하다. 오랫동안 폭행을 당해왔다는 증거다.

또한 등에는 화상도 몇 군데 있었다. 담뱃불로 지진 것 같은 상흔이다.

'이거 지독하네.'

지로는 마음속으로 중얼거렸다. 어째서 이토록 어린 여자애가 이토록 잔혹한 폭력을 당해야만 하는가.

상처를 자극하지 않도록 젖은 수건으로 더러운 몸을 부드럽게 닦아주었다. 그녀는 얌전하게 있었다. 비교적 상처가 적은 하반신은 샤워기로 씻어주었다.

돌아오는 길에 구입한 속옷과 옷을 입혔다. 그녀는 여전히 얌전하게 있었다. 마치 감정이 없는 인형 같았다.

"자, 다음은 머리를 감자."

푸석푸석하고 헝클어진 머리카락을 샴푸로 정성스럽게 감아주었다. 옷과 상처에 물이 묻지 않도록 주의하면서.
"나, 미용사였어. 잘하지?"
 지로가 미소를 보내자 그녀는 여전히 고개만 끄덕였다.

  한바탕 몸을 씻겨준 뒤에 미사키를 사에키에게 데리고 갔다. 상처를 치료해준 뒤에 이번에는 패밀리레스토랑에 들렀다.
"배고프지 않니? 마음껏 먹어도 좋단다."
 지로는 미사키에게 메뉴판을 내밀었다.
 그녀는 메뉴판을 뚫어져라 쳐다보다가 "오므라이스" 하고 중얼거렸다.
 지로는 점원을 불러서 오므라이스와 오렌지 주스, 그리고 자기가 마실 커피를 주문했다.
 잠시 뒤에 주문한 음식이 나왔다. 그녀는 음식을 고상하게 입으로 가져갔다.
"마음대로 먹으렴. 조금 더럽게 먹을지라도 오늘은 아무도 화낼 사람이 없으니까."
 지로가 그렇게 말하자마자 그녀는 음식을 게걸스럽게 입 안에 집어넣기 시작했다. 어지간히도 배가 고팠나 보다.
 순식간에 그릇이 비었다.

"더 먹을래?"

지로가 묻자 미사키는 고개를 끄덕였다.

"뭘 먹고 싶니?"

지로는 다시 메뉴판을 건넸다.

미사키는 잠시 생각한 뒤에 대답했다.

"햄버그랑 도리아랑 초코 바나나 파르페."

그걸 다 먹을 수 있나? 지로는 몹시 놀랐다. 아니, 마음껏 먹어도 상관은 없지만, 저 자그마한 위 속을 음식으로 가득 채울 작정인가?

지로는 커피를 마시다가 문득 예전에 봤던 다큐멘터리 생각이 났다. 아동학대를 다룬 다큐멘터리에서 전문가는 이렇게 말했다.

학대를 당해온 아동은 토할 때까지 먹는 경우가 있다고.

부모가 평소에 음식을 챙겨주지 않았으므로 '먹을 수 있을 때 먹어두지 않으면 다음에 언제 밥을 먹을 수 있을지 모른다'는 의식이 발동하는 모양이다.

혹시 그녀도 그런 걸까?

"내일도 밥을 먹을 수 있으니까 억지로 먹을 필요는 없단다."

혹시 몰라서 말해봤더니 그녀는 고개를 확 들고서 말했다.

"……진짜?"

"그래, 진짜야."

"······내일도 먹을 수 있어?"

"뭐든지 먹을 수 있어. 넌 이제 내 자식이니까."

지로가 말하자 미사키는 화들짝 놀란 듯했다. 한동안 그녀는 메뉴판을 노려보듯 쳐다보다가 주문을 정정했다.

"······초코 바나나 파르페."

미사키는 학대아동에게서 흔하게 볼 수 있는 전형적인 애착장애를 갖고 있었다. 타인에게 응석을 부리지 못했다. 사람과 교류하는 것이 서툴렀다. 늘 무표정해서 무슨 생각을 하는지 도통 알 수 없는 아이였다.

그랬던 그녀가 최근에야 비로소 응석을 부릴 줄 알게 되었다. 이것은 커다란 발전이었다.

불행했던 삶 때문에 그녀는 지금껏 마땅히 누려야 할 것들을 누리지 못했다. 그래서 지로는 그녀의 바람을 최대한 들어주고 싶었다.

그러나 이것만은 절대로 양보할 수 없다.

"안 돼."

단호하게 거절하자 미사키가 입을 삐죽 내밀었다.

"왜?"

"위험하니까."

갑자기 의뢰가 들어와서 지금부터 의뢰인과 만나러 가야 한다. 그런데 아까부터 미사키가 자기도 따라가겠다고 떼를 썼다.

요즘에 자주 그런다. 지로가 일을 하러 뒷세계로 나가려고 하면 미사키는 자꾸만 따라나서려고 한다.

당연히 데리고 갈 수는 없다. 그녀를 결코 뒷세계로 데리고 가지 않겠다고 굳게 맹세한 지 얼마 지나지 않았다.

"집 잘 지키렴."

뾰로통해하는 미사키를 남겨두고서 지로는 집을 나섰다.

* * *

에노키다와 헤어진 뒤 린과 반바는 공원 부근에서 탐문조사를 벌이며 하루를 보냈다.

그러나 결국 성과는 없었다. 맨션에 사는 수다쟁이 주부가 '103호 남편이랑 105호 부인이 불륜 관계라느니, 305호 하시모토 씨네 남편이 직장에서 잘렸다느니, 408호 아저씨가 무타가와파 야쿠자라느니' 하는 쓸데없는 소문만 주절주절 늘어놓았다. 유익한 목격담은 건지지 못했다. 아이카와 레나의 행방은 여전히 오리무중이었다.

"희한하네."

사무소로 돌아온 뒤 린은 고개를 갸웃거렸다.

아이카와 레나가 실종된 그 시각에 공원 부근을 지나던 사람이 전혀 없었을 리가 없다. 유괴범이 표적을 물색하며 어슬렁거렸다면 누군가의 기억에 남았을 텐데.

"이거 그건가? 이웃의 유대감이 약화돼서 그런 거야?"

"혹시 누구한테도 의심을 사지 않을 사람이 유괴한 거 아닐까?"

반바가 컵라멘에 물을 부으며 말했다.

"……의심을 사지 않을 사람?"

여자애와 함께 있더라도 의심을 사지 않을, 또한 무시할 수 있을 만한 인물. 반바는 떠오르는 생각을 입 밖으로 꺼내봤다.

"경찰 제복을 입은 녀석이라든가."

제복에는 힘이 있다. 사람은 제복을 입은 자를 신뢰한다. 경찰관이라면 특히.

"애 엄마로 보일 만한 나이대의 여성이라든지."

그런 여성이 아이와 함께 있다면 누구나 모녀관계라고 여길 것이다.

"아니면…… 어린애?"

어린애라면 의심을 살 일이 없다. 공원에서 함께 노는 아이를 유괴범이라고 의심하는 사람은 없다. 아이가 아이를 유괴했다?

"……설마."

웃어넘긴 순간 사무소 문이 열렸다.

갑작스럽게 방문한 손님을 보고 린과 반바의 눈이 동그래졌다.

그곳에는 미사키가 있었다.

"미사키."

반바는 그녀를 안으로 들이며 묻는다.

"무슨 일이야? 이런 시간에."

그녀가 이곳을 방문하다니 참 특이한 일이다. 더욱이 오늘은 옆에 보호자도 없다.

"지로는?"

"일. 복수대행업자."

미사키는 대답하고서 반바의 얼굴을 올려다본다.

"오늘 여기 있어도 돼?"

"엥? 왜?"

린이 얼굴을 찡그렸다.

"가출했어."

"가출?"

"맞아. 그러니까 여기에 있게 해줘."

갑자기 무슨 뜬금없는 소리를.

"말 같지도 않은 소리하지 마. 우리 사무소는 탁아소가 아니라고."

린이 반대했다. 어서 집으로 돌려보내는 편이 낫다. 지로도 걱정하겠지.

"너한테 말한 적 없어."

미사키는 린을 째려봤다.

"난 젠 짱한테 부탁한 거야."

'빌어먹을 꼬맹이 같으니.' 린은 인상을 찌푸렸다.

"뭐, 있어도 상관없긴 하지만."

반바는 기다란 몸을 굽혀 미사키의 얼굴을 들여다봤다.

"왜 가출했는지 말해줄 수 있을까?"

반바가 부드럽게 대하자 마음이 녹았는지 미사키가 순순히 고개를 끄덕였다.

반바는 그녀를 소파에 앉힌 뒤 그 옆에 앉았다.

"……지로 짱이 일터에 데려가주질 않아. 위험해서 안 된대."

미사키는 의뢰인을 만나러 가는 지로에게 같이 따라가겠다고 애원했다고 한다. 그러나 그 부탁을 끝내 들어주지 않았다고 한다. 그래서 뿔이 난 그녀는 '가출합니다. 찾지 마세요'라는 쪽지를 남기고서 집을 뛰쳐나와 이곳으로 왔다.

"……있잖아, 젠 짱."

"응?"

"하나 더 부탁이 있어."

"뭐네?"

"사람을 죽이는 법을 알려줘."

"……뭐?"

황당한 소리에 반바는 당황했다.

"아니, 아니, 아니, 그건 안 될 말이야."

그러나 미사키는 물러서지 않았다.

"뭐, 어때? 알려줘. 난 킬러가 되고 싶어. 제발, 부탁해. 일주일이라도 좋으니까."

"너, 바보냐? 여기가 무슨 학원인 줄 알아?"

린이 끼어들었다.

"지금 킬러를 우습게 보는 거냐?"

"우습게 본 적 없어."

"미사키, 킬러는 말이야. 되고 싶다고 될 수 있는 게 아냐. 킬러 말고는 달리 길이 없는 사람이 킬러가 되는 거야."

"……무슨 의미인지 모르겠어."

미사키가 입을 삐죽 내밀었다.

어린애의 억지를 언제까지고 받아줄 수는 없다. 린은 한숨을 내쉬었다.

"네가 무슨 짓을 하든 지로는 널 데리고 가지 않아."

가출을 하든 살인 연습을 하든, 지로는 결코 미사키를 일터에 데리고 가지 않는다.

"어째서?"

미사키는 그 말을 듣고 울컥했다.

"당연하잖아. 꼬맹이를 데리고 가봤자 걸림돌만 되니까."

린이 노골적으로 말하자 반바는 황급히 얼버무렸다.

"그건 아냐. 지로는 미사키를 소중히 여기고 있어. 그래서 걱정이 돼서……."

"난 꼬맹이가 아냐!"

반바의 말을 도중에 끊고서 미사키가 외쳤다.

"걸림돌이 아니라고!"

"뭐가 아닌데?"

린은 그녀를 내려다보며 콧방귀를 꼈다.

"혼자서는 아무것도 못하는 주제에."

"할 수 있어!"

미사키가 성을 내며 반론한다.

"자자, 두 사람 모두 그만."

린은 사이에 끼어들려는 반바를 밀치고서 도발하듯 말한다.

"오호, 그래? 그럼 여기서 푸념이나 늘어놓지 말고 혼자서 한번 해보시지?"

미사키는 새빨개진 얼굴로 사무소를 나갔다. 문이 세차게 쾅, 하고 닫히는 소리가 사무소 안에 요란하게 울렸다.

뭐야, 저 꼬맹이는. 린은 기막혀하며 어깨를 들먹였다.

"아, 진짜. 린, 그런 식으로 말하면 어떡해."

린은 소파에 기대어 입술을 일그러뜨렸다.

"내가 뭐 잘못했냐?"

"불쌍하잖아. 상대는 초등학생이야."

"……짜증 나, 그런 세상물정 모르는 꼬맹이는."

옛날의 자신을 보는 것 같아서.

미사키는 어른의 일을 거들어주고 싶어 하는 나이다. 자신이 얼마나 무력한지 모른 채 뭐든지 해낼 수 있다고 믿고 있다. 현실을 따끔하게 깨우쳐줘야 한다. 자신이 얼마나 약한 존재인지 말이다. 현실을 안다면 자기도 따라가겠다고 떼를 쓰며 지로를 곤혹스럽게 하지 않겠지. 이 세상이 어떤지도 모르면서 건방지게도 '킬러가 되고 싶다' 같은 소리를 내뱉었다. 절대로 그래서는 안 된다.

"그 아이한테는 나름의 생각이 있다고."

반바는 어깨를 들먹이고서 휴대전화를 꺼냈다.

* * *

……걸림돌.

그 말은 미사키의 가장 약한 부분을 보기 좋게 곧장 꿰뚫었다.

린시안밍……. 그 남자는 짓궂다. 입도 험하다. 상냥하지 않다. 싫다. 모든 게 마음에 안 든다.

그 인간을 떠올리자 속이 부글거렸다.

그 짜증이 점점 불안으로 바뀌어간다.

또 버려지는 게 아닐까? 친엄마가 그랬던 것처럼. 그날 엄마는 새아빠의 폭력으로부터 벗어나고자 자신을 내팽개치고 도망쳤다.

어째서 자신을 함께 데리고 가지 않았을까?

답은 알고 있다. ……걸림돌이 되기 때문이다.

홀몸으로 달아나는 편이 더 편하다. 어린 자식은 걸림돌이 된다. 새로운 인생을 시작하는 데 방해가 된다. 자신은 엄마에게 쓸모없는 자식이었다. 보호를 받는 것 말고는 아무것도 할 수 없다. 엄마는 자신을 감쌌기에 더 큰 피해를 받았다.

그래서 나는 엄마에게서 버림받았다.

이번에는 똑바로 처신해야 한다. 지로가 새로운 아빠가

되어준 그날부터 미사키는 그렇게 다짐했다. 같은 과오를 되풀이해서는 안 된다. 쓸모 있는 아이가 되어야만 한다.

그런데 최근에 지로는 자신에게 일을 거들게 하지 않는다.

도움이 되지 않는 사람에게는 존재가치가 없다. 이대로 있다가는 또 버림받을지도 모른다. 미사키의 마음속에서 어떻게든 해야 한다는 초조감이 싹트기 시작했다.

불안에 쫓기며 종종걸음으로 걷고 있으니 지로가 사준 어린이용 휴대전화가 진동했다. 전화가 왔다.

상대는 반바였다.

"……여보세요."

"여보세요, 미사키?"

반바가 걱정하는 목소리로 말했다. 그는 언제나 상냥하다. 그래서 좋다.

"지금 어디 가는 길이야? 사무소로 돌아와."

"집에 갈래. 쿠로한테 밥을 줘야하거든."

쿠로란 집에서 기르는 고양이의 이름이다.

"아, 그렇겠네."

안도했는지 반바의 목소리가 도중에 풀어졌다.

"지금 어디야? 집까지 데려다줄게."

"됐어. 혼자서도 괜찮아."

미사키는 전화를 끊은 뒤 전원마저 껐다. 전원을 끄면

지로가 자신의 위치를 추적할 수 없다.

집으로 돌아가겠다는 말은 거짓말이다. 미사키의 발걸음은 나카스로 향하고 있었다. 지하철을 타고 나카스카와바타역에서 내린다. 4번 출구로 나가자 목적지인 건물이 보였다. 게이츠 빌딩이다.

1층 카페 안에 플라티나블론드가 인상적인 머리를 발견했다. 라멘즈의 1번 타자이자 정보꾼인 에노키다다. 그는 탁자 위에 컴퓨터를 펼쳐두고서 커피를 마시고 있었다.

미사키가 무단으로 맞은편 자리에 앉자 에노키다가 그쪽으로 고개를 돌리고서 웃었다.

"오호라, 참 보기 드문 손님인걸."

"부탁이 있어."

미사키가 몸을 앞으로 내밀며 말했다.

"무슨 부탁일까? 작은 복수대행업자 양반?"

"지로 짱이 지금 어디에 있는지 알아봐줘."

"왜?"

에노키다가 물끄러미 쳐다보자 무심코 주눅이 들었다. 이 남자의 눈빛은 아주 고역스럽다. 자신의 생각과 처한 상황을 모조리 꿰뚫어보고 있는 것 같은 기분이 든다.

"그런 건 묻지 말고 알려주기나 해."

"이유를 묻고 싶은데."

"알아봐주지 않으면······."

미사키가 카페 계산대를 가리키며 말했다.

"저기 있는 점원한테 '모르는 오빠가 억지로 끌고다니고 있어요' 하고 말할 거야."

불과 얼마 전에 유괴 사건이 보도된 참이다. 후쿠오카 시민은 그런 화제에 민감하게 반응할 것이다.

천하의 에노키다도 그 말을 듣고 안색이 조금 바뀌었다.

"······날 협박하다니 장차 뭐가 될지 참 무서운 아이네."

"정보를 줘. 돈이라면 확실하게 낼게."

"초등학생 할인은 없어."

에노키다는 떨떠름해하며 스마트폰을 꺼냈다. 누군가에게 전화를 거는 듯했다.

"컴퓨터로 알아봐야 하는 거 아냐?"

"그런 수고를 할 필요 없이 위치 정도는 물어볼 수 있어."

에노키다는 미사키를 곁눈으로 보며 입꼬리를 올렸다. 그러고는 통화 상대에게 말을 걸었다.

"······아, 여보세요? 지로 씨?"

미사키는 흠칫 놀랐다. 에노키다가 전화를 건 상대는 바로 자신의 보호자였다.

설마, 지로에게 고자질을 하려는 건가?

불안해진 미사키를 아랑곳하지 않고 에노키다는 말을

해내갔다.

"지금 어디? 아, 지금 의뢰인과 만나려는 참이라고? 어디서? 아아, 그래. ……아니, 좀 알려주고 싶은 게 있어서 말이야. 나중에 또 걸게."

에노키다는 전화를 끊었다. 동료의 위치를 조사하는 데 해킹까지 할 필요는 없는 듯하다.

"지로 짱은 어디에 있어?"

"나카스의 어떤 바에 있대. 의뢰인과 만나기로 약속을 한 모양이야."

"어떤 가게인데?"

"'Smokin′ hot'이라는 바. 3번가에 있는."

"고마워."

미사키는 떠나기 전에 단단히 다짐을 받아두기로 했다.

"이건 지로 짱한테 비밀로 해줘."

"아, 잠깐만."

갑자기 에노키다가 팔을 붙잡았다.

에노키다는 미사키를 불러세운 뒤 등에 손을 두르고서 얼굴을 가까이 댔다.

"조심하는 편이 좋을 거야. 실은 그 가게는……."

* * *

현재 시각은 21시 10분. 약속시간보다 조금 늦었다. 에상치 못한 정체에 휘말린 탓이다.

지로는 가게 주차장에 차를 세웠다. 오른편에는 커다란 검은색 왜건이, 왼편에는 하얀색 세단이 세워져 있다.

지로는 바 'Smokin' hot' 안으로 들어가 내부를 둘러봤다. 출입구는 두 군데. 방금 들어온 정문과 카운터 안쪽에 후문이 있다.

디귿 모양의 카운터 안에는 덩치가 큰 남자 한 명이 있었다. 이 바의 마스터인가? 스킨헤드인데 머리에 문신이 새겨져 있다. 콜린스 글라스를 정성껏 닦고 있는 중이었다.

빈말이라도 고급스러운 가게라고 할 수 없었다. 난잡한 분위기가 흐르는데, 점원뿐만 아니라 손님마저 질이 떨어진다. 카운터석에는 두 남자가 앉아 있었다. 서로 떨어져 앉아 있는데, 둘 다 녹색 라벨이 붙은 무알코올 맥주병을 들이키고 있다. 출입구 부근에 있는 박스석에는 세 사람이 앉아 있다. 탁자 위에는 진저에일 세 병이 놓여 있다. 안쪽 좌석에는 한 명……. 의뢰인은 가장 안쪽 자리에 있겠다고 했다. 아마도 저 남자가 의뢰인이겠지.

가게 안에는 자신을 제외하고 여섯 명의 손님이 있었다.

……이상하네. 뭔가가 이상해.

　지로는 살짝 위화감이 들었다. 그러나 그 위화감의 정체가 무엇인지 알 수가 없었다.

　"시마다 씨 맞죠?"

　지로는 안쪽 자리로 가서 의뢰인에게 말을 걸었다. 다박나룻이 난 남자였다. 시마다라는 이름은 아마도 가명이겠지.

　"예. 당신이……."

　의뢰인이 고개를 끄덕였다.

　"예, 복수대행업자입니다."

　"안녕하세요. 잘 와주셨습니다."

　지로와 의뢰인은 악수를 나누었다.

　지로는 맞은편에 앉았다.

　"그래서 어떤 복수를 희망하시나요?"

　지로는 본론으로 들어갔다.

　의뢰인이 서서히 입을 연다.

　"실은 기르던 개가 살해당했습니다."

　"……개, 말인가요?"

　"근처에 사는 아이가 장난으로 쥐약이 든 빵을 우리 집 마당에 던졌습니다. 그걸 애완견이 먹어버렸죠. ……개는 죽었습니다. 특히 개를 귀여워했던 외동딸이 큰 충격을 받아서."

"불쌍하네요."

"……아, 혹시 사람의 복수여야만 합니까? 동물의 복수는 대행해주지 않나요?"

"아뇨, 그렇지는."

의뢰 내용은 예상 밖이었지만, 딱히 드문 일도 아니었다. 그런데 무언가가 마음에 걸린다.

"과거에 그런 의뢰를 받은 적이 있습니까?"

남자가 묘한 질문을 했다.

"그런 의뢰라뇨?"

상대방의 의도를 알 수가 없어서 지로는 질문을 질문으로 대꾸했다.

"동물의 복수 말입니다. 개나 고양이의 복수를 해달라는 의뢰를 받아본 적이 있습니까?"

그 질문을 듣고 마음속으로 고개를 갸웃거렸다. 이 남자는 왜 그런 걸 물어보는 거지?

"글쎄요? 비밀엄수의무가 있어서 다른 고객의 의뢰 내용은 말할 수가 없습니다."

지로는 얼버무리기로 했다.

"……그걸 말해주지 않으면 곤란한데 말이야."

갑자기 남자의 태도가 돌변했다. 위압감이 느껴지는 목소리와 함께 찰칵, 하는 금속음이 들렸다. 총기를 꺼내는 소리다. 남자가 소음기가 달린 총으로 이쪽을 겨누고 있었다.

속으로 혀를 찼다. 어쩐지 이상하다 싶더니만. 역시 이 남자는 의뢰인이 아니었던 모양이다.

"……쏴볼 테면 한번 쏴보시지."

지로는 입꼬리를 올렸다. 그러고는 가게 안으로 시선을 돌렸다.

"우리 말고도 다른 손님들이 있어. 점원도 있고. 목격자가 이렇게 많은데 방아쇠를 당길 수나 있을까? 곧바로 신고를 받은 경찰한테 체포될걸."

그러나 여전히 상대는 여유로웠다. 그의 입에서 그 이유가 흘러나온다.

"이 바는 우리 조직이 운영하는 가게야. 여기 있는 손님 모두가 우리 조직원들이지. 가게 마스터는 우리가 고용한 킬러고."

그 말을 듣고 지로는 아차, 싶었다.

이제야 깨달았다. 아까부터 느껴졌던 위화감의 정체가 바로 이것이었구나.

벌떡 일어나서 주변을 둘러본다. 어느새 다른 손님들도 총으로 지로를 겨누고 있었다. 카운터 안에 있는 점원도 이쪽을 겨누고 있다. 꼼짝도 할 수가 없다.

"앉아."

시키는 대로 따를 수밖에 없었다.

지로는 두 팔을 들고 자리에 앉으면서 쓴웃음을 지었다.

"⋯⋯이쩐지 이상하더라. 바에서 술을 마시지 않는 손님이 많더니만."

지로가 도착했을 때 주차장에는 차 두 대가 세워져 있었다. 그에 비해 자신과 의뢰인을 제외하고 손님은 모두 다섯 명이었다. 그 모두가 무알코올 음료를 마시고 있었다.

바에 왔는데도 술을 마시지 않는 이유. 가장 먼저 꼽을 수 있는 이유는 차를 타고 이곳에 왔기 때문이겠지. 그러나 주차장에는 차가 두 대만이 세워져 있었다. 한 대가 종업원의 차라고 치더라도 부자연스럽다. 술을 마시지 않는 손님이 다섯 명씩이나 바에 모여 있다니. 우연치고는 너무나도 이상하다.

다시 말해 이것은 함정이었던 것이다.

"⋯⋯자, 그럼."

눈앞에 있는 남자가 입을 열었다.

"하나 알고 싶은 게 있는데 말이지."

남자는 태블릿을 꺼내 화면을 지로 쪽으로 돌렸다.

"이 동영상, 네 짓이지?"

그건 고문하는 영상이었다.

기억이 있다. 예전에 고양이를 학살했던 고등학생에게

복수한 적이 있었다. 그때 촬영했던 동영상을 에노키다에게 사이트에 올려달라고 부탁했다. 같은 취미를 가진 녀석들에게 경고를 하려고.

그러나 인정할 수는 없다.

"글쎄? 이게 뭔지 모르겠네."

총성이 울렸다. 눈앞의 남자가 방아쇠를 당겼다. 팔에 격통이 일었다. 피가 뿜어져 나왔다. 탄환에 맞은 충격으로 지로의 등이 벽에 세차게 부딪쳤다.

"다음은 반대쪽 팔이야."

남자가 히죽거리며 말했다.

지로는 입술을 깨물고서 상대를 노려봤다. 출혈을 막고자 지로는 반대쪽 손으로 상처를 강하게 눌렀다.

주로 쓰는 팔이 총에 맞아서 뼈아프다. 그러나 이 상황을 어떻게든 타개해야만 한다. 지로는 생각한다. 지금 휴대하고 있는 무기는 호신용 총 한 자루뿐이다. 총알은 가득 장전되어 있다. 그러나 상대는 무기를 든 야쿠자 다섯 명과 킬러 한 명이다. 총격전을 벌인다면 압도적으로 불리하다.

어떻게든 반바를 비롯한 동료들에게 알린 뒤 구원하러 올 때까지 시간을 벌 수밖에 없다.

"뭐, 이대로 네가 입을 다물든 말든 딱히 상관없지. 네가 소중히 여기는 꼬맹이한테 물어보면 되니까."

남자가 말했다.

"뭐······."

숨이 멎었다.

순식간에 미사키의 얼굴이 떠올랐다.

······설마, 이 녀석들에게 붙잡혔나?

지로의 낯빛이 바뀌자 남자가 히죽 웃는다.

"······그래? 자식이 있었나?"

······당했다.

유도심문을 걸었던 건가? 경솔했다. 이렇게 단순한 수법에 걸릴 줄이야. 냉정을 잃었다는 증거다. 침착해야만 한다.

"다시 한 번 묻는다. 잘 생각하고서 대답해."

남자가 다시 질문한다.

"이 동영상, 네 짓이지?"

지로는 입을 다물었다.

불쾌한 침묵이 가게 안을 채워나간다.

······이제 어쩐담?

생각을 거듭한다.

아까 남자는 '우리 조직'이라고 했다. 야쿠자임은 분명한데 목적을 짐작할 수가 없다. 어째서 야쿠자가 고등학생에게 복수한 범인을 쫓는 거지?

시간이 흘러도 지로가 대답하지 않자 남자가 기다림을 끝내고 입을 열려고 했다. 바로 그때였다.

갑자기 침묵을 깨는 도어벨이 울렸다. 누군가가 들어온 모양이다. 그곳에 있던 모두가 입구 쪽을 돌아봤다.

"이봐, 글자 못 읽어?"

점원인 척 꾸민 킬러가 맨 먼저 말을 걸었다. 가게 문손잡이에 'close'라는 팻말이 걸려 있다.

"오늘은 이미 문을 닫았……."

킬러의 표정이 굳는다.

가게 안에 나타난 손님의 모습을 보고 그곳에 있던 모두가 아연실색했다.

……피에로다.

그 남자는 피에로처럼 특이한 복장을 입고 있었다.

머리에는 붉은색 둥근 모자를 쓰고 있다. 그 아래로 보이는 머리카락 색깔은 칙칙한 분홍색이다. 그리고 곱슬기가 있다.

얼굴은 새하얗게 칠해져 있다. 그리고 그 위에 붉은 염료로 화장을 해놓았다. 그러나 얼굴 좌우의 표정이 달랐다. 왼쪽 입술은 올라가도록, 오른쪽 입술은 내려가도록 립스틱을 발라놓았다. 오른쪽 눈 아래에는 눈물 마크가 그려져 있었다. 얼굴 왼쪽을 보면 웃고 있는 것 같고, 오른쪽을 보면 울고 있는 것처럼 보인다.

남자기 입은 옷도 군데군데가 좌우비대칭이다 위쪽에는 연지색 셔츠와 베스트……. 베스트의 좌우도 디자인이 다르다. 오른쪽은 시커먼데, 왼쪽은 검은색과 흰색이 섞인 마름모무늬다. 아래에는 바지 자락을 무릎까지 걷어 올린 새빨간 슬랙스를 입고 있다. 바지 자락 아래로 엿보이는 양말 색깔도 좌우가 다르다. 오른쪽은 줄무늬 양말이고, 왼쪽은 마름모무늬 양말이다.

코에는 빨간색 가짜 코가 달려 있다. 검은색 나비넥타이를 매고 있다. 그리고 끝이 둥근 심홍색 크라운슈즈를 신고 있다. 그야말로 곡예사의 무대의상이라고 할 수 있었다.

그 피에로가 휘파람을 불면서 가게에 들어오자 지로도, 야쿠자들도 황당해하며 말문이 막혔다.

그 남자는 모자챙을 집으며 인사했다. 마치 쇼의 시작을 알리는 것 같은 몸짓이었다.

"……뭐야, 저 녀석은."

남자들 중 하나가 무심코 말했다.

"보기만 해도 기분이 더럽구만."

"인근에서 가장 파티라도 벌이고 있나?"

이곳과 너무나도 어울리지 않는 황당한 옷차림에 비웃

는 야쿠자도 있었다.

그러나 그 웃음은 순식간에 얼어붙었다.

"야, 거기 피에로, 썩 꺼지지 못……."

남자를 쫓아내고자 나가선 킬러의 노성이 갑자기 비명으로 바뀌었다.

"으, 우악."

뒤이어 킬러는 피를 뿜어내며 쓰러졌다.

피에로는 어디선가 날붙이를 꺼내 던졌다. 나이프는 곧장 킬러에게로 날아들어 그 목을 꿰뚫었다.

"무, 무슨 짓이냐! 이 미친놈!"

"박살을 내주마!"

갑자기 나타난 방문객이 기행을 벌이자 야쿠자들이 소란을 떨기 시작했다. 야쿠자들이 방아쇠를 당겼다. 파열음이 연이어 울렸다.

납탄이 일제히 피에로를 덮친다.

피에로는 경쾌한 몸놀림으로 탄을 피했다. 춤을 추듯 스텝을 밟으면서 사각으로 몸을 숨겼다.

마치 최전선에 있는 것처럼 가게 안에 총탄이 빗발쳤다. 지로는 유탄에 맞지 않도록 탁자 아래에 숨었다.

눈을 번쩍 뜨고서 전장을 살핀다. 피에로가 웃는 소리가 총성에 뒤섞여 들려온다.

……대체 뭐 하는 작자야? 저 피에로는.

그러나 지금은 그걸 따지고 있을 때가 아니다. 이 틈에 달아나야만 한다.

기습을 당한 야쿠자들의 정신이 딴 데 쏠려 있는 사이에 지로는 카운터를 넘어 뒷문으로 뛰쳐나갔다.

총격전은 모두의 탄이 다 떨어질 때까지 이어졌다.

* * *

"……실은 그 가게는 무타가와파 산하의 프론트 기업이 운영하는 곳이야."

에노키다는 미사키를 불러세우고서 그렇게 말했다.

"이 정보는 서비스. 추가요금은 필요 없어."

에노키다가 계속해서 말한다.

"뒷골목 잡.com에 복수대행업자의 정보를 알려달라는 게시물이 하나 올라왔어. 누가 투고했는지 알아보니 또 무타가와파와 연관이 있더라고."

무타가와파가 복수대행업자를 찾고 있다. 의뢰인이 약속장소로 지정한 곳은 무타가와파가 운영하는 가게. 이건 단순한 우연이 아니겠지. 틀림없이 무타가와파 조직원이 의뢰인인 척 지로를 꾀어낸 것이다.

……그렇다면 지로 짱이 위험해.

미사키는 달리기 시작했다.

나카스에는 지로의 가게가 있어서 인근 지리는 잘 안다. 주소만 듣고도 그 가게의 위치를 바로 알 수 있었다. 나카스 파출소 앞을 피하며 미사키는 목적지로 향했다.

바 'Smokin' hot' 네온간판이 밝혀져 있지만, 문손잡이에는 'close'라는 팻말이 걸려 있다.

갑자기 뛰어들면 안 된다. 우선은 내부 상황부터 확인해야 한다. 미사키는 뒤쪽으로 돌았다. 무슨 영문인지 창문이 깨져 있다.

미사키는 발돋움을 하여 창문을 통해 내부를 엿봤다.

……남자의 얼굴.

시야에 남자의 얼굴이 확 들어왔다. 하마터면 비명이 나올 뻔했는데 꾹 참았다.

그 얼굴은 거꾸로였다. 번쩍 뜨인 눈에 핏줄이 솟아 있다. 그 위에는 입이 있다. 거꾸로 매달려 있는 듯했다. 남자는 죽어 있었다.

사체의 얼굴이 이쪽을 지그시 쳐다보고 있다. 미사키는 몸을 떨면서 가게 안으로 시선을 돌렸다.

지로처럼 생긴 사람은 보이지 않는다.

그 대신에 여러 구의 사체가 매달려 있었다.

그 외에 누군가가 있다. 붉은 옷을 입은 남자가 가게 안을 돌아다니고 있다. 신이 나는지 휘파람을 불면서 사체를 매달고 있었다.

……저 남자가 죽였나?

그 순간 남자가 돌아봤다.

하얀 얼굴이 이쪽을 보고 있다. 너무나도 괴기해서 그만 소리가 새어나올 뻔했다. 곧바로 손으로 입을 틀어막고 입술을 깨물며 참았다.

하얀 얼굴은 분명히 자신을 보고 있었다.

심장이 철렁 내려앉았다.

……망했다, 날 봤나 봐.

들통나고 말았다.

도망쳐야 해. 어서 여길 벗어나야……

심장 박동이 빨라진다.

"……이야,"

남자가 갑자기 말을 걸자 미사키는 비명을 질렀다.

눈앞에 그 남자가 서 있었다.

심장이 또다시 크게 뛰었다.

이제 죽을 거야……, 하고 생각했다.

곧바로 도망치려고 하자 붉은 팔이 쑥 뻗어나왔다. 그

팔은 미사키의 허리를 휘감았고, 반대쪽 손이 입을 막았다. 도망칠 수도, 도움을 요청할 수도 없다.

 남자는 휘파람을 불면서 미사키를 번쩍 들어올렸다.

5회 말

"대체 무슨 일이 있었던 거야……."

가게 안의 광경을 보고 카세는 아연실색했다.

"……이거 지독하군."

그 옆에 서 있는 산조의 입에서는 신음만이 새어 나왔다. 연락을 받고 곧바로 달려갔지만, 바 'Smokin' hot'의 참상은 상상했던 것 이상이었다.

가게 안에는 여섯 구의 사체가 매달려 있었다. 더욱이 전부 거꾸로 말이다. 두 다리를 묶은 밧줄이 천장 기둥에 동여매여 있다. 사체들은 하나 같이 두 팔을 땅바닥을 향해 축 늘어뜨리고 있었다.

더 기이한 것은 사체의 얼굴에 여러 마크가 그려져 있었다. 무얼 의미하는지 전혀 모르겠다.

현재 명백한 점은 딱 하나다. 조직원 다섯 명과 조직이 고용한 킬러 한 명……, 중요한 말을 여섯 개나 잃어버렸다는 것이다.

"이시하라."

산조는 유일한 생존자이자 이 사건의 목격자인 이시하라에게 말을 걸었다.

"무슨 일이 있었지?"

이시하라는 업소용 냉장고 안에 몸을 숨긴 덕분에 목숨을 건질 수 있었다. 산조가 부하를 데리고 달려왔을 때 그는 정신이 나간 상태였다.

다행스럽게도 경증이다. 응급처치를 받았지만, 이시하라는 계속해서 몸을 떨었다. 자기 몸을 부둥켜안고서 앉아 있다. 냉장고 안에 오랫동안 있어서 그런 건지, 아니면 출혈 때문인지. 혹은 공포 때문인지도 모르겠다. 그는 덜덜 떨리는 입술을 간신히 뗐다.

"……복수대행업자를 심문하기 시작했을 때 이상한 남자가 왔습니다."

"이상한 남자?"

"묘한 녀석이었습니다. 피에로 같았죠. 요상한 복장을 입고 있었고요."

이시하라는 카운터 안을 가리킨다.

"카를로스가 나가라고 위협을 했습니다."

카를로스는 이곳의 바텐더이자 조직의 킬러를 말한다. 베네수엘라 혼혈인이다. 지금은 카운터 안에 거꾸로 매달려 있다.

"그 녀석이 나이프를 던졌습니다. 그게 카를로스의 목에 꽂혔고……, 그래서 모두가 총을 뽑아……."

"총격전을 벌인 건가?"

가게 창문은 깨져 있었고, 벽에는 수많은 탄흔이 남아 있었다.

"총격전이라기보다는 저희들이 일방적으로 쐈습니다. 상대는 총을 소지하지 않아서 가게 안을 잽싸게 돌아다니며……."

창문뿐만 아니라 카운터 안에 있는 술병과 술잔도 깨져 있었다.

"총알이 다 떨어지자 녀석이 덮쳤습니다."

이시하라는 그 상황을 돌이켜보고는 얼굴이 굳어버렸다.

"나이프를 던지다가 갑자기 저글링 도구를 휘두르며……, 마치 약이라도 처먹은 것처럼 실실 웃으며 하나둘씩 죽였습니다."

산조는 거꾸로 매달린 사체를 가리키며 물었다.

"이것도 그 남자의 짓인가?"

"……그럴 겁니다. 녀석은 한동안 이 가게에 남아서 무슨 작업을 벌였습니다."

그 피에로 남자는 휘파람을 불면서 가게 안을 돌아다녔던 모양이다.

"……이 살해방식은 노마파 녀석들이 당한 방식과 똑같아요."

카세가 무언가 떠올랐는지 끼어들었다.

"노마파? 그 말, 진짜야?"

카세가 고개를 끄덕였다.

"아는 경찰한테 들었습니다. 노마파 녀석들도 거꾸로 매달려 있었다고."

누군가가 그 남자에게 노마파와 자기 조직을 습격해달라고 의뢰한 건가?

"그 피에로는 킬러인가?"

"……모르겠습니다."

이시하라는 고개를 숙이며 말했다. 아직도 몸을 떨고 있다.

"여하튼 음침하고 무시무시한 녀석이었습니다. 우리 킬러가 쉽사리 살해됐습니다."

산조는 한숨을 내쉬었다.

"……일이 성가시게 됐네."

6회 초

 음침하고 정체 모를 그 피에로가 미사키의 팔과 다리를 밧줄로 묶어 구속했다. 이 밧줄은 아마도 사체를 매달았을 때 썼던 것과 같은 종류겠지.
 피에로는 가게 앞에 세워둔 새빨간 캠핑카에 올라탔다. 이 화려한 차는 그의 자가용인 모양이다. 피에로는 미사키를 조수석으로 굴린 뒤 차를 몰았다.
 차는 한동안 달리다가 어딘가에서 멈췄다. 그는 미사키를 안고 운전석에서 나온 뒤 뒤쪽 주거 공간으로 이동했다.
 그곳은 그다지 넓지 않았다. 그러나 차 안이라기보다는 방 안에 있는 것 같았다. 어쩐지 현실과 동떨어진 이상한 공간이었다. 마름모 무늬 벽지가 사방을 에워싸고 있는 방 안은 검은색과 보라색을 기조로 한 고딕풍으로 온통 꾸며져 있었다. 방 가운데에는 캣 스탠스가 달린 롱테이블이 놓여 있다. 탁자와 디자인이 비슷한, 표면이 반지르르한 검은 가죽 소파가 놓여 있고, 그 위에는 으스스한 인형들이 앉아 있었다. 화장대, 스툴, 테두리를 조각으로 장식한 커다란 금색 거울, 털이 긴 융단 등, 본 적 없는 가구들이 늘어서 있다. 마치 다른 나라, 다른 세계 안에서 헤매고 있는 것 같은 기분이었다.

피에로는 우선 미사키의 팔과 다리를 풀어주었다. 그러고는 미사키의 몸을 두 손으로 안아 올려 소파 위에 살며시 내려주었다.

미사키는 무서웠다. 눈앞에 으스스한 남자 피에로가 있으니 공포심이 솟는 게 당연하다. 화장이라는 가면에 가려져 웃고 있는지 울고 있는지 전혀 읽을 수 없는 표정. 보고 있기만 해도 사람을 불안케 하는 모습이다. 더불어서 아까 보여줬던 광기 어린 행동들. 그 가게에서 이 남자는 사체를 가지고 놀았다. 그는 살인마다.

……나도 살해당할지 몰라.

턱이 떨릴 것 같자 미사키는 이를 악물었다.

시선을 내려 바닥을 쳐다봤다. 작은 스니커즈가 떨어져 있었다. 이 남자의 것은 아니겠지. 초등학교 남학생이 신을 만한 신발이다.

"······이 신발은?"

미사키가 가리키며 묻자 피에로는 즐거워하며 대답했다.

"예전에 여길 왔던 남자애 거."

"남자애?"

이 피에로는 예전에도 누군가를 유괴한 적이 있었나?

"그 아이는 누구야? 지금 어디 있어?"

"울어서, 시끄러웠어."

이야기가 잘 맞물리지 않는다.

"착한 아이가 아니면, 필요 없어."

피에로의 말을 듣고 미사키는 갑자기 등골이 오싹해졌다.

그 남자애는 착한 아이가 아니었다. 그래서 필요가 없어졌다.

······설마······ 죽였나?

차마 물어볼 용기가 나지 않았다.

그 대신에 미사키는 코로 킁킁거렸다. 이상한 냄새는 나지 않는다. 피 냄새도, 부패하는 냄새도 나지 않는다. 방심할 수는 없다. 자기 역시 언제 살해당할지 알 수 없으니까.

혹여나, 만에 하나라도 누군가에게 납치된다면······, 그때는 무조건 관찰해라. 그것이 지로의 가르침이었다.

자신을 납치한 사람은 누구인가? 목적이 무엇인가?

지금 이곳은 어디지? 도망칠 길은 있나?

여하튼 주변과 상대를 관찰하며 상황을 파악한다. 상대의 목적이 자신의 목숨이라면 저 남자를 죽여서라도 도망쳐야 한다. 그렇지 않다면 누가 도와주러 올 때까지 최대한 시간을 벌어야 한다. 그렇게 배웠다.

우선은 상대의 목적을 살핀다.

"……왜 날 여기로 데리고 왔어?"

미사키는 물어보면서 자신을 죽일 생각이 없기를 바랐다.

"이 아이의, 친구가 돼."

피에로는 이를 내보이며 웃고서 그렇게 대답했다.

"이 아이?"

"그래, 이 아이."

미사키는 이 방의 주인을 지그시 관찰했다. 얼핏 보니 나이는 스무 살쯤으로 보인다. 그러나 무슨 영문인지 어린애인 척 굴고 있다. 말투도 어리다.

이 남자는 어딘지 이상하다.

틀림없이 제정신이 아니겠지. 그는 마음이 병들었다. 여하튼 자극하지 않는 편이 낫겠다. 상대의 바람을 들어줘야 한다. 그렇게 하면 만족하여 언젠가 풀어줄지도 모른다.

방금 전에 이 남자가 '울어서, 시끄러웠어' 하고 말했다. 그래서 그 남자애에게 무언가 위해를 가했을 것이다.

그렇다면 울지만 않으면 괜찮다. 이 안에서는 그의 말을 얌전하게 따르는 편이 좋겠지.

"알겠어. 친구가 될게."

미사키는 고개를 끄덕였다.

피에로는 그 대답이 만족스러운 듯했다.

그가 말하는 이 아이는 대체 누굴 말하는 거지? 그렇게 생각하고 있으니······.

"지금, 만나게 해줄게."

피에로는 눈을 감았다. 그러고는 마치 끈이 떨어진 마리오네트처럼 팔과 다리를 축 늘어뜨렸다.

잠시 뒤에 피에로는 눈을 떴다. 미사키를 보고는 화들짝 놀랐다.

"누, 누구······."

아까와 목소리가 다르다. 어린애의 목소리다.

상태가 이상하다는 걸 이내 눈치챘다.

마치 딴 사람 같다. 아니, 아마도 정말로 다른 사람이겠지.

······설마, 이중인격?

그렇다면 왜 급격하게 태도가 변화했는지 설명이 된다. 한순간에 내면에 있던 다른 인격과 교대한 건가.

피에로는 아이처럼 울면서 구석에서 웅크렸다. 몸을 동그랗게 말고서 몸을 떨고 있다.

"그만, 아파요."

이윽고 머리를 부여잡고서 외치기 시작했다.

"하지 마요, 아빠."

그 모습에 미사키는 깜짝 놀랐다.

똑같다고 생각했다.

……그때 자신과 똑같다.

지로가 거두어준 뒤에도 종종 학대를 당했을 때의 기억이 되살아나곤 했다. 심리적 외상 스트레스 장애라고 하는 모양이다. 사소한 계기로 회고 스위치가 켜진다. 미사키의 경우에는 담배가 원인이었다. 그 때문에 종종 새아빠의 모습이 머릿속에서 되살아났다.

어느 날 점심을 먹고 있으니 딸깍, 하는 금속음이 들렸다. 귀에 익은 소리였다.

지로를 보니 담배를 물고서 라이터로 불을 붙이려고 했다. 라이터 덮개가 열리면서 소리가 난 것이었다. 그 순간 머릿속이 강제로 과거로 되돌아갔다. 예전의 기억이 흘러들어온다.

담배를 문 새아빠가 이쪽으로 다가온다. 담뱃불로 자신의 등을 지지려고 한다…….

"……미사키, 괜찮아."

지로가 말하자 미사키는 제정신을 차렸다.

"그 아빠는 이제 없어."

무의식적으로 새아빠의 이름을 외쳤던 모양이다. 정신을 차려보니 뺨이 눈물에 젖어 있었다.

라이터 소리를 계기로 미사키는 새아빠의 학대를 떠올리고 말았다. 지로는 그 사실을 곧바로 알아차린 듯했다.

"······담배, 무섭니?"

지로가 묻자 미사키는 입을 다물었다. 그녀는 지로를 물끄러미 쳐다보며 눈치를 살폈다. 괜찮다고 말하지 않으면 자칫 심기를 거스를까 봐 두려웠다.

미사키가 대답하기 전에 지로는 고개를 끄덕였다.

"그렇구나. 그런 아픔이 있었으니 당연하겠지."

그는 그렇게 말하고서 막 개봉한 담뱃갑을 쓰레기통에 던져버렸다.

"마침 금연을 하려고 생각하던 차였어."

미사키가 놀라자 지로는 미소를 지었다.

"아주 잘 됐네."

그날부터 그는 담배를 한 번도 피우지 않았다.

지금 눈앞에서 떨고 있는 남자의 모습은 그야말로 네 살 때의 자신과 똑같았다.

"무서워하지 마. 괜찮아."

미사키는 겁을 주지 않게끔 나직한 목소리로 말했다. 그날 지로처럼.

"네 아빠는 여기에 없으니까."

미사키의 그 말에 안도했는지 그는 그대로 정신을 잃어버렸다.

그로부터 몇 초 뒤에 남자의 눈이 확 떠졌다. 그러고는 빙긋 웃는다.

"친구, 됐어?"

목소리가 바뀌었다. 아무래도 인격이 또 전환되어 원래대로 돌아온 모양이다.

"되려고 했는데 무서워했어. 바로 친구가 되기는 어려울 것 같아."

피에로가 실망하며 어깨를 축 늘어뜨렸다.

"이 아이는, 겁쟁이니까."

미사키는 문득 그를 쳐다보다가 깨달았다.

"너, 다쳤어."

붉은 의상 때문에 알아차리지 못했는데 그의 팔에서 피가 흐르고 있었다.

"내가 치료해줄게."

＊　＊　＊

"……아따따따."

붕대가 세게 조이자 지로는 절규했다.

"어머, 사에키 짱, 살살 좀 해."

지로는 울먹이며 하얀 가운을 입은 남자를 째려본다.

바 'Smokin' hot'에서 달아난 지로는 차를 부리나케 몰아 사에키의 병원을 찾았다. 총에 맞은 상처를 치료받기 위해서다.

몸 안에 남은 총알을 빼내고 상처를 꿰맸다. 사에키는 처치를 끝낸 뒤에 한숨을 내쉬었다.

"총을 든 야쿠자 여섯 명한테 포위당했는데 용케도 이만한 상처로 끝났군요."

기막혀하는 목소리였다.

"……운이 좋았어."

스스로도 악운이 강하다고 생각한다.

그 피에로 남자가 난입하지 않았더라면 자신은 지금쯤 녀석들에게 심문을 받고 있었겠지. 총 한 발로는 끝나지 않았을 것이다. 정말로 운이 좋았다. 침대에 걸터앉아 한숨을 몰아쉰다. 흥분 상태였던 의식이 이제야 진정되기 시작했다.

그러고 보니 바에 가기 전에 에노키다가 전화를 걸었었다. 대체 무슨 용건이었을까? 지로는 본인에게 물어보고자 휴대전화를 꺼냈다.

바로 연결이 되었다.

"여보세요, 에노키다 짱?"

"아, 지로 씨."

"아까 얘기 말이야. 그게 뭐야?"

"얘기?"

잠시 침묵이 흐른 뒤에 에노키다가 말했다.

"……아, 그거. 실은. 무타가와파라는 폭력단이 복수대행업자를 노리는 모양이야."

"……좀 더 일찍 말해줬으면 좋았을걸."

"아, 혹시 벌써 습격당했어?"

에노키다는 웃고 있었다.

"큰일 날 뻔했어."

지로는 어깨를 들먹였다. 상처가 욱씬거린다.

"일단 무타가와파는 복수대행업자와 별 관계가 없는 것 같으니 아마도 복수대행업자한테 원한이 있는 인간이 무타가와파한테 의뢰했겠지."

"짐작 가는 데가 너무 많아서 뭐라 말을 못하겠네."

"그렇겠지."

자신에게 원한을 품고 있으면서도 야쿠자와의 연줄이 있는 자. 과거 표적 중에 그런 인물은 산더미처럼 많다.

"할 얘기는 그뿐? 달리 숨기고 있는 건 없지?"

"현재 지로 씨한테 말할 수 있는 정보는 그뿐이야. 무타가와파에 관해 자세히 조사해볼 테니 알아낸 게 있으면 또 보고할게."

"알았어. 고마워."

통화를 마쳤다.

통화가 끝나는 타이밍에 맞춰서 사에키가 말을 걸었다.

"오늘은 하룻밤 여기서 안정을 취하는 게 좋겠군요."

지로는 옆에 놓인, 파란 덮개가 씌워진 침대를 힐끔 보고서 얼굴을 찡그렸다.

"어머, 사체 옆에서 자라는 거니?"

"꽤 잘생긴 남자예요."

사에키가 덮개를 걷어냈다. 젊은 남자의 사체가 드러났다.

"어머, 진짜네. 살아 있을 때 만났으면 참 좋았을 텐데."

지로는 가볍게 맞장구를 쳐주고서 고개를 가로저었다.

"하지만 미안해. 오늘은 돌아가봐야 해."

미사키가 걱정된다.

그러나 일어난 순간 현기증이 나서 지로는 침대에 쓰러졌다.

"지로 씨, 괜찮습니까?"

사에키가 달려왔다.

의식이 몽롱하다. 약 때문인지, 출혈 때문인지 모르겠다. 몸이 말을 듣지 않는다.

강렬한 졸음이 쏟아져 지로는 눈꺼풀을 감았다.

6회 말

"……큰일입니다. 이시하라 씨."

날짜가 바뀌고 카세가 자택에서 쉬고 있던 이시하라에게 전화를 걸었다.

아침과 밤 두 번, 창고에 있는 아이들에게 편의점 음식을 먹이라고 카세에게 지시해뒀다. 이른바 먹이를 주는 담당이지만, 감시역도 겸하고 있다.

오늘밤에는 그 사건 때문에 평소보다 저녁밥 시간이 늦어졌다. 창고에 있을 카세가 큰일났다고 전화를 걸었다는 것은 상품에 무언가 문제가 발생했다는 뜻이다. 불길한 예감이 든다.

"무슨 일이야?"

이시하라가 낮은 목소리로 묻자 카세가 혼란스러운 목소리로 대답했다.

"꼬맹이 중 하나가 죽었어요."

그 말에 이시하라는 순간 머릿속이 새하얘졌다.

"……뭐라고? 무슨 일이 벌어졌다고?"

이시하라는 얼굴을 찡그리며 물었다.

죽었다? 왜?

아이들은 모두 우리 안에 가둬뒀다. 새장 안에서 얌전히 지내고 있었을 텐데.

……그런데 왜 죽었지?

이시하라는 혼란스러웠다.

"아나필락시스예요."

카세가 요상한 말을 했다.

"……뭐?"

"그 꼬맹이한테 갑각류 알레르기가 있었던 것 같아요. 아침밥으로 새우마요 주먹밥을 줬는데 그거 때문에 탈이 난 모양입니다."

알레르기 때문에 쇼크사했다. ……예상 밖의 사태다.

"빌어먹을!"

이시하라는 욕지거리를 내뱉고서 탁자를 때렸다.

거래일은 바로 내일이다. 그런데 하필 이때 상품 하나가

줄어들다니. 상사에게 말할 수 있을 리가 없다. 어떻게 하지? 이시하라는 머리를 싸쥐었다.

초조해하며 눈을 이리저리 굴리고 있을 때 식탁 위에 놓인 신문지가 시야에 들어왔다. 오늘 아침 신문이다. '행방불명된 아동을 찾다'라는 기사가 눈에 띈다. 누군가에게 유괴되었던 남자 아동이 발견되어 안전한 곳으로 옮겨졌다고 한다. 변태 소아성애자가 용의선상에 올랐다.

이시하라의 머릿속에서 생각이 하나 떠올랐다. 지금 어린애 하나를 유괴하더라도 이 범인에게 죄를 뒤집어씌울 수 있지 않을까?

"조달한다."

여하튼 지금은 머릿수를 맞춰야만 한다. 수단을 가릴 때가 아니다.

"다행히도 지금은 방생회의 계절이야. 수많은 아이들이 여기저기 돌아다니고 있지."

방생회는 후쿠오카의 가을 축제다. 신사 참배 거리는 수많은 사람들로 북적거리고 있다. 당연히 아이들도 많다.

"내일 거기서 하나를 납치해오지."

* * *

인신매매 판로를 확보하는 것은 산조의 오랜 야망이었다.

모든 조직들이 상납금을 마련하는 데 고생하는 이 시기에 총이나 마약 등 기존 장사만으로는 돈을 벌 수가 없다. 한계에 달한 시장에서 서로 고객쟁탈전만 벌일 뿐이다. 그런 점에서 인신매매는 아직 여유가 있다. 일본의 뒷세계는 해외에 비해 인신매매업자가 아직은 적다. 더욱이 일본 어린이는 수요가 있어서 값비싸게 팔린다. 노려볼 만한 사업이라고 생각했다.

그러나 신규 업자는 그다지 환영받지 못한다. 모두들 실적이 없는 조직과 거래를 하는 것을 꺼린다. 산조는 온갖 연줄을 동원하여 간신히 해외 인신매매업자와 거래를 텄다.

상대가 원하는 상품은 초등학생 5명.

그중 4명은 무타가와파에게서 약을 사가는 아동 양호시설 관계자를 협박하여 구했다.

그러나 그 수법으로도 4명을 모으는 게 고작이었다. 아무리 애를 써도 부족한 한 명을 찾을 수가 없었다. 그러던 때에 부하인 이시하라가 자기 자식을 이용하여 아이를 꾀는 방식을 시험했다.

그렇게 모은 다섯 아이들을 이제부터 해외로 밀수한다. 그러기 위해서는 야마자키 운수의 협력이 필요하다.

"그쪽도 큰일이 날 뻔했군."

정기 보고를 하고자 야마자키 쿠니오와 만나 어젯밤에 'Smokin' hot'에서 벌어졌던 사건을 전하자 그는 씁쓸한 표정을 지었다.

늘 만나는 찻집에서 블렌드 커피를 마시면서 산조는 고개를 끄덕였다.

"예, 봉변도 이런 봉변이 없죠."

설마 부하를 여섯 명이나 잃을 줄이야.

더욱이 그 여섯 명은 모두 새로운 사업을 추진하는 멤버였다.

사업 추진 멤버를 최소한으로 제한하고 싶다. 이것은 야마자키의 희망이자 산조의 방침이었다. 산조를 제외하고 이제 남은 사람은 이시하라와 카세뿐이다.

"그래서 어떻게 됐지? 계획에 지장이라도?"

"상품은 이미 준비가 끝났습니다. 이제는 창고에 있는 상품을 트럭으로 옮겨 배에 싣기만 하면 됩니다. 남은 인원만으로도 해낼 수 있죠."

이 사업에 추가로 인원을 투입할 여유는 없다. 이 멤버만으로 해낼 수밖에 없다.

이번 거래만 성공한다면 상대방의 신뢰를 얻을 수가 있다. 인신매매 신디게이트와의 파이프가 생기는 것이다. 그 뒤에는 아이들만 확보하면 된다. 그 역시 산조에게 방책이 있었다.

현재 법률로는 특정한 자격만 있다면 주거형 아동양육시설을 운영하도록 허가받을 수 있다. 지극히 평범한 집에서도 요보호아동을 받을 수가 있다는 뜻이다. 더불어서 이것은 2종 복지사업이라서 사무비와 사업비 명목으로 한 아이당 20만 엔 정도의 국가 지원금도 받을 수 있다.

무타가와파라는 이름을 숨기고서 자치단체의 허가를 받아 양육시설을 열 수 있다면 혈연이 없는 아이들을 얼마든지 구할 수 있게 된다.

그렇게 자력으로 마련한 아이들을 야마자키 운수를 통해 해외로 수출한다. 이것이 산조의 미래 계획이었다.

그 계획은 순조롭게 진행되고 있었다. 어젯밤에 'Smokin' hot'에서 참살 사건이 벌어지기 전까지는.

"다만 새로운 킬러를 딱 한 명 더 고용하려고 합니다."

산조가 입을 열었다.

"킬러?"

"예. 우리 조직이 고용한 카를로스가 살해됐거든요. 실력이 좋은 킬러가 필요합니다. 노마파 조직원들이 약을 거래하다가 살해당했습니다. 동일범이 이번에는 우리 조직을 표적으로 삼고 있습니다. 만약에 거래를 하던 도중에 습격을 받는다면 기껏 세운 계획이 수포로 돌아갑니다."

"그렇겠군."

야마자키가 납득해준 모양이다.

"뭐, 잘 해주게나."

그는 그 말을 남기고서 전표를 들고서 가버렸다.

거래는 오늘밤이다.

7회 초

"……피에로?"

에노키다가 되묻자 시게마츠는 진지한 표정으로 고개를 끄덕였다.

"그래, 피에로다. 허옇게 칠한 얼굴에 붉은 가짜 코."

"……농담이지?"

사체를 거꾸로 매단 살인사건은 에노키다의 머릿속에서 줄곧 떠나지 않았다. 자신에게서 정보를 빼낸 남자는 누구일까? 목적이 대체 뭘까? 어째서 그런 식으로 살해하는 걸까? 모르는 게 생기면 알고 싶어지는 법이니.

경찰이 정보를 몇 개 갖고 있을 거라고 짐작한 에노키다는 시게마츠를 불러냈다. 약속 장소는 니시나카스에 있는 명란젓 요리점. 가게 입구에는 야구선수 사인지가 늘어서 있다.

명물 요리인 멘타이주를 두 개 주문했다. 차합에 담긴 밥과 김 위에 명란젓이 호화롭게 얹혀 있다. 그야말로 일품이다.

점심을 사주는 대신에 시게마츠는 모든 것을 말해주었다. 그의 말에 따르면 경찰은 이미 범인을 밝혀냈다고 한다. 그 범인은 피에로 같은 복장을 입고 있다고 한다. 농담인 줄 알았더니 시게마츠는 진심이었다. 니와카탈을 쓴 킬러도 있으니 피에로처럼 입고 다니는 살인마가 존재할 만도 하지.

"일부 사람한테는 사이코 피에로라고 불리고 있는 모양이야. 게이시의 재림이라고까지 말하고 있지."

"게이시라면 존 웨인 게이시?"

존 웨인 게이시. 통칭 킬러 크라운. 아홉 살부터 스무 살까지의 소년 서른세 명을 죽인, 미국의 유명한 연쇄살인마다. 게이시는 포고라는 이름의 피에로로 분하여 복지시설에서 위문공연을 벌였다. 아이들을 위해서 봉사활동을 하는 와중에 뒤에서는 어린 소년을 계속해서 죽여 왔다.

"맞아, 그 게이시."

젓가락으로 명란젓을 집으며 시게마츠는 고개를 끄덕

인다.

"사이코 피에로는 과거에 몇 번쯤 아이를 데리고 간 적이 있었지. 그래서 살인을 좋아하는 소아성애자라는 소문이 퍼졌다."

피에로에다가, 살인마에다가, 아이를 좋아한다……. 과연. 그래서 '게이시의 재림'이라고 하는 건가?

"사이코 피에로가 피에로 복장을 하고 다니는 이유는 아이의 흥미를 끌기 위해서?"

"아니."

에노키다가 묻자 시게마츠는 고개를 가로저었다.

"녀석은 진짜 피에로야. 원래는 방랑광대였는데, 아버지와 함께 캠핑카를 타고 해외를 돌아다녔다는군. 곡예는 아버지한테서 배웠고. 아버지는 젊은 시절에 곡예를 배우고자 미국으로 넘어가 이동 서커스단의 일원이 됐지."

"정보가 아주 상세한데?"

"사정을 잘 아는 사람한테 이야기를 들었으니까."

그밖에도 의문이 또 있다.

"그런데 범인의 신상을 그렇게까지 알아냈으면서 경찰은 어째서 사이코 피에로를 내버려두는 거야?"

에노키다가 묻자 시게마츠는 어깨를 들먹였다.

"윗대가리들이 그러길 바라는 모양이야. 우리로서는 어

떻게 할 수가 없지."

"……무슨 뜻이야?"

"놈의 표적이 된 녀석들은 오히려 이 사회에서 없어지는 편이 낫거든."

분명 사이코 피에로는 지금까지 여러 폭력단원들을 죽여오긴 했다.

"그래도 지금 표적으로 삼은 사람은 일반시민이잖아?"

"아이카와 마리는 폭행 말고도 딸에게 절도를 강요했어. 발각이 되면 언제나 애가 저지른 짓이라고 변명했었지. 두 번째로 살해된 아오야마 료지는 소아성애자다. 의붓아들을 범했어. 아들은 진실을 고발하지 못하고 괴로워했었지. 구두 지도와 카운셀링을 거듭해봤지만 전혀 상황은 개선되지 않았어. 한시라도 빨리 부모 곁에서 떼어내어야만 하지만, 문제의 근원인 부모가 그걸 용납하질 않지. 아동상담소는 아동을 보호하지도, 그렇다고 내버려두지도 못하는 실정이다."

"그렇구나."

의도는 알았다.

"광인의 손을 빌려서 사회병리를 처리하려는 속셈이구나."

살인마가 활개를 치도록 일부로 놔둔다. 그리고 역할을 마치면 사이코 피에로는 쓸모가 없어지고, 결국에는 붙잡히겠지.

하나 궁금한 것이 있었다.

"그런데 말이야. 그 피에로는 어째서 야쿠자나 학대가해자를 죽인 거지? 누군가한테 의뢰를 받았나?"

"아니, 스스로의 의사로 저지른 거다."

시게마츠가 말했다.

"녀석은 살인범이지만, 킬러는 아냐."

"무료봉사로 사회의 악을 처리하고 있다고? 어지간히도 한가한 모양이네."

"그건 녀석이 유소년기에 겪었던 기억이 원인인데……. 뭐, 내 말을 듣는 것보다는 직접 물어보는 편이 낫겠지."

시게마츠는 명함을 꺼냈다. 그것은 시내 병원에서 근무하고 있는 정신과 의사의 명함이었다. 그 남자가 시게마츠가 언급했던 '사정을 잘 아는 사람'인가?

"정신과 의사?"

시게마츠는 고개를 끄덕였다.

"그래. 사이코 피에로의 담당의야."

* * *

미사키는 유괴범의 방 안에 있는 소파 위에서 하룻밤을 보냈다. 눈을 뜨자마자 무사히 이튿날을 맞이할 수 있었음에 안도했다. 일단은 첫째 날을 넘겼다.

"좋은 아침."

바로 옆에 그 피에로가 서 있었다. 웃통은 벗고 있고, 머리카락은 젖어 있다. 샤워를 한 것 같지만, 얼굴은 피에로처럼 분장이 되어 있었다.

피에로는 수건으로 머리카락을 닦으며 웃고 있었다. 새빨갛게 칠해진 입술 가장자리가 크게 올라갔다. 오싹한 웃음이었다. 눈을 뜨자마자 이 얼굴을 봤으니 오늘도 불쾌한 하루가 될 것 같았다.

"……좋은 아침."

미사키는 몸을 일으키며 대답했다.

이 음침한 남자가 조금은 눈에 익숙해졌다. 머릿속은 미쳤지만, 말이 전혀 통하지 않는 상대는 아닌 것 같았다. 이쪽에서 우호적으로 대하면 저쪽도 마찬가지로 대해줬다. 지금까지는.

피에로가 등을 돌렸다. 탄탄하고 예쁜 몸에 어울리지 않는 지독한 상흔이 눈에 들어왔다. 그의 등에는 오래된 상처가 여러 개나 새겨져 있었다. 고통스러운 상흔이었다.

미사키는 무심코 말을 걸었다.

"있잖아. 그 상처는 뭐야?"

"상처?"

그는 붉은 셔츠를 입으면서 고개를 갸웃거렸다.

"등."

미사키가 가리키자 피에로가 고개를 끄덕였다.

"이건, 아빠가,"

아빠……, 아버지가 폭행을 한 건가?

"너, 역시…… 학대를 받았었구나."

"메케."

"메케?"

피에로는 자신의 얼굴을 가리키며 '메케'라는 말을 되뇌었다.

"네 이름이 메케야?"

그는 고개를 끄덕였다. 그러고는 스툴에 앉아 입을 연다.

"아빠, 늘 이 아이를 때렸다,"

이 아이란 그의 또 다른 인격을 가리키는 거겠지. 어젯밤에 만났던 그 겁 많은 소년.

"그래서 메케가 그 아이 구했다, 대신에 메케가 맞았다,"

"……네가 대신 맞았구나."

자신에게도 비슷한 경험이 있었다. 새아빠가 학대를 하는 동안에 미사키는 종종 몽롱한 감각에 휩싸였었다. 꿈을 꾸는 듯한, 마치 자신이 자신이 아닌 것 같은 감각이었다.

의사는 '해리성 장애의 일종으로 흔하게 보이는 증상이

니 괜찮다'고 했다. 그러나 그 증상이 진행되었다면 아마도 자신의 내면에도 또 다른 인격이 탄생했을지도 모른다.

지로 덕분이었다. 그와 함께 살게 된 뒤로 해리 상태에 빠지는 횟수가 서서히 줄어들었나.

자신에게는 지로가 있다. 그러나 메케에게는 아무도 없다. 증상이 악화되기만 할 뿐이다. 어쩐지 그가 가엾다는 생각이 들었다.

"메케는 줄곧 혼자서 애써왔구나."

다른 인격을 대신하여 메케는 계속해서 학대를 받아왔다. 자신을 희생시켜서 본체를 지켰다. 상당히 고통스러웠을 것이다.

메케는 이렇게 말했었다. 이 아이의 친구가 되어달라고. 그는 이 아이가 친구를 원하고 있다고 굳게 믿고 있는 거겠지.

하지만 그것은 분명 본인의 바람이기도 하다.

"정말로 친구가 필요한 쪽은 메케라고 생각해."

미사키가 말하자 그의 표정이 바뀌었다. 놀랐는지 눈을 크게 뜨고서 이쪽을 물끄러미 쳐다보고 있다.

"메케도 친구를 갖고 싶어, 어떻게 알았어?"

당연히 알지.

자신도 같은 경험을 겪었으니까.

"내가 메케의 친구가 되어줄게."

그와 친해진다면 여기서 나가게 해줄지도 모른다. 그런 타산적인 생각도 갖고 있었지만, 동시에 미사키는 그를 동정하고 있었다. 자신과 비슷한 처지에서 자란 이 남자를.

"네가?"

"네가 아니라 미사키."

메케는 "미사키" 하고 작게 되뇌었다.

"나도 등에 상처가 있어. 새아빠가 냈던 상처야."

미사키가 웃자 메케의 눈이 동그래졌다.

"그래?"

"응. 담뱃불로 지졌어. 엄청 뜨겁고, 아프고······ 무서웠어."

미사키는 고개를 끄덕였다.

메케가 손을 뻗었다. 무슨 짓을 할까 봐 순간 몸이 굳어버렸지만, 그는 미사키의 머리에 손을 얹었다.

"무서울 거 하나도 없어,"

그는 그렇게 말하면서 머리를 쓰다듬어주었다.

의외였다.

······뭐야? 상냥하잖아?

"······있잖아, 메케."

이토록 상냥한 마음씨의 소유자인데, 왜 그랬을까?

"왜 사람을 죽였어?"

* * *

시게마츠가 소개해준 남자는 후쿠오카 시내의 정신과 병원에서 근무하는 의사였다.

아무래도 시게마츠가 미리 귀띔을 해준 모양이다. 에노키다가 진료시간이 끝난 뒤에 병원을 방문하자 바로 직원이 그 의사에게로 안내했다.

상대는 원장실 안에서 기다리고 있었다. 쉰 살쯤으로 보이는, 머리가 희끗희끗한 중년이다. 하얀 가운이 아주 잘 어울리는 남자였다.

"그 아이는 지금도 또렷하게 기억하고 있습니다."

에노키다가 응접용 의자에 앉아 그 피에로에 관해 묻자 정신과 의사가 서서히 이야기를 시작했다.

"아버지가 죽은 뒤에 천애고아가 된 그는 보호조치를 받았습니다. 하지만 아동양호시설이 아니라 정서장애아 단기치료시설에 입소했습니다. 당시에 저도 그 시설에서 근무하고 있었지요."

정서장애자 단기치료시설. 심리적인 상처를 입어 치료가 필요한 아동이 입소하거나, 통원하기 위한 시설이다.

"그 말은 그 남자한테 정신적인 문제가 있었다는 거야?"

에노키다가 솔직하게 묻자 정신과 의사는 고개를 끄덕였다.

"해리성 동일성 장애입니다."

해리성 동일성 장애……. 이른바 다중인격장애를 말한다.

"끈질기게 카운셀링을 거듭한 끝에 그의 마음속 어둠을 들여다볼 수가 있었습니다. 그의 내면에는 또 다른 인격이 존재했습니다."

"어린애가 다른 인격을 만들어내는 건 어떤 고통으로부터 몸을 지키려는 수단인데."

"예, 그렇습니다. 그는 아버지로부터 오랫동안 학대를 받아왔습니다."

"아버지? 떠돌이 곡예사?"

시게마츠가 그렇게 말했었다.

"특수한 직업이니까요. 그는 어렸을 적부터 아버지로부터 혹독하게 곡예를 배웠습니다. 잘 해내지 못하면 온갖 벌을 받았습니다. 채찍으로 맞기도 하고, 밥을 굶기도 하고, 알몸으로 캠핑카 밖으로 나가서 눈이 내리는 밤을 보낸 적도 있었다고 하더군요. 곡예를 잘 하지 못하면 늘 욕을 들었습니다. 왜 그런 것도 못 하느냐, 쓰레기, 멍청이……. 그런 욕설을 들으면서 곡예를 억지로 배웠습니다."

폭력을 휘두르는 신체적인 학대뿐만 아니라 정신에 상처를 입히는 심리적인 학대도 받아왔다. 어린애에게는 지옥 같은 나날이었을 것이다.

"곡예에 실패하면 아버지는 그한테 거꾸로 매다는 벌을 자주 내리곤 했습니다. 저글링을 한 번 실패하면 10분, 다섯 번 실패하면 50분, 그런 식으로 말이지요."

거꾸로 매단다……. 그 단어를 듣고 에노키다는 이해가 되었다.

피에로가 저지른 살인사건. 그 사체는 전부 거꾸로 매달려 있었다.

"두 다리가 밧줄에 묶인 채 기둥에 매달렸다? 팔은 바닥에 축 늘어뜨린 채로?"

"그렇습니다. 반대로 매달린 채로 채찍으로 등을 후려 맞은 적도 있다고 합니다."

"……그래서 그랬던 건가?"

에노키다는 입꼬리를 올렸다.

"그래서 거꾸로 매달았구만."

다시 말해서 그것은 벌이었다. 나쁜 짓을 저지른 자를 응징했던 것이다. 피에로는 그들에게 벌을 주었다. 아버지와 똑같은 방법으로.

"평소처럼 학대를 받던 어느 날, 그의 정신은 결국 한계에 달했습니다. 이건 내가 아니다, 내 몸에 벌어지는 일이 아니라고 스스로 맹신하게 되었습니다. 그 결과 그의 내면에서 새로운 인격이 탄생했습니다. 가장 가까운 존재인 피에로의 인격 말입니다."

의사는 잠시 숨을 돌린 뒤에 말을 이었다.

"그 인격은 자신의 이름이 '메케'라고 했습니다. 그 뒤에는 그를 대신하여 메케가 아버지의 학대를 받게 되었습니다. 아버지가 폭력을 휘두르기 시작하면 주인격은 안으로 도망치고, 메케가 밖으로 나옵니다. 주인격은 바깥 세계가 어지간히도 무서웠는지 거의 안에 틀어박혀 있었습니다. 이윽고 밖으로 나오는 시간이 역전되었습니다. 교대인격인 메케가 거의 온종일 밖에 나와 있게 되었지요. 우리가 그를 보호했을 때도 자신이 '메케'라고 했습니다."

"그랬구만."

에노키다는 수긍했다. 그와 동시에 시게마츠가 설명하기를 꺼려했던 이유가 이해됐다. 이토록 복잡한 인간의 삶을 일반인이 어떻게 설명을 할까. 밥을 먹으면서 말할 기분이 들지 않았겠지.

"시설에 있는 동안에 메케는 늘 웃고, 자주 휘파람을 불었습니다. 무슨 곡을 부느냐고 물었더니 가극이라고 대답하더군요. 아버지가 딱 한 번 오페라에 데리고 간 적이 있는지 그때 들었던 곡을 늘 불더군요."

그에게 그것은 유일한, 아버지와의 귀중한 추억이었을지도 모른다.

"학대를 받았던 아이는 종종 난동을 부리거나, 다른 아이에게 폭력을 휘두르기도 합니다. 하지만 메케는 달랐습니다. 줄곧 조용하고 얌전하게 지냈습니다. 옅은 웃음을 띠며 구석에 서 있을 때도 있고, 때로는 남들 앞에서 아버지가 가르쳐준 곡예를 선보이기도 했습니다. 메케의 곡예를 보며 다들 기뻐했지요. 그와 마찬가지로 학대를 받았던 아이들이 즐거워하며 웃었습니다. 메케도 그 광경을 보고 기뻐하는 듯했습니다."

여기까지 이야기를 들었을 때 메케는 그저 좋은 청년에 불과하다. 사이코 피에로가 될 징조는 전혀 보이지 않는다.

"뭔가 특이한 점은 없었어? 종종 흉폭성을 내보였다든가."

의사는 입을 다물었다. 과거의 기억을 돌이켜보고 있는 거겠지.

"분명 아주 가끔씩 분노를 폭발시키곤 했습니다. 직원의 지시를 잘 따르지 않는 아이가 다른 아이한테 폭력을 휘두르면 메케는 화를 냈습니다. 그 아이를 냅다 때리고서 목을 졸랐습니다. 직원이 만류하고자 끼어들면 냉정을 되찾고서 평상시로 되돌아갔지만요. 좋게 말하면 정의감이 투

철한 아이였습니다. 그는 곧잘 '아이들이 모두 웃으며 살 수 있는 세상을 만들고 싶어'라는 말을 했습니다."

의사가 한숨을 살짝 내쉬었다.

"메케는 회복한 것처럼 보였습니다. 18살 때 시설을 나갔지요. 정신연령은 낮았지만 지능지수는 낮지 않았습니다. 똑똑한 아이였죠. 회복된 척 우리 직원을 속였던 걸 테죠. 해리성 동일성 장애아가 범죄자가 되는 경우는 적습니다. 허나 그가 살인을 저질렀다는 소리를 들었을 때는 믿기지 않기도 했지만, 한편으로는 역시나 싶기도 하더군요."

의문이 다 풀리지 않았다.

"메케는 왜 약물관계자를 노리지?"

사이코 피에로가 마약상이나 야쿠자들을 죽인 이유를 아직도 모르겠다.

그러나 의사에게는 짐작 가는 바가 있을지도 모른다.

"그건 아마도 그의 사명과 통하는 점이 있기 때문일 테죠."

"……사명?"

"정신병질자 살인마는 여러 유형이 있다고 합니다. 쾌락을 위해서 살인을 저지르는 자가 있는가 하면, 망상에 홀려서 살인을 저지르는 자도 있습니다. 개중에는 살인이야말로 사명이라고 믿는 자도 있습니다. 메케는 그런 유형의 인간입니다."

의사의 말을 듣고 에노키다는 문득 떠올랐다. 그러고 보니 과거 미국에서 경찰관이 여러 마약상을 살해한 사건이 있었다. 그 경찰관은 도시의 치안이 좋지 않은 이유가 거리에 마약이 만연하기 때문이리고 믿었던 모양이다. 그래서 자기 손으로 마약상들을 처치했다. 그것이 도시를 위한, 시민을 위한 경찰관의 사명이라고 믿고서.

메케는 그와 같은 짓을 벌였다는 건가?

"그는 이 세상에서 학대를 없앤다는 사명을 스스로에게 부여했습니다. 그리고 그의 아버지는 마약중독자였습니다. 아버지가 자신에게 학대를 가한 원인은 약물 때문이라고 믿었겠지요."

"다시 말해서 마약중독자를 이 세상에서 없애는 것이 자신의 사명이라고 생각했다?"

살인을 하는 동기치고는 너무나도 순수하다.

메케 더 크라운은 그 누구보다도 학대를 증오하고 있다. 아이에게서 웃음을 빼앗는 부모의 부조리하고 무자비한 폭력을.

"하지만 메케는 그렇지 않다는 걸 깨닫고서 표적을 바꿨어."

그 사실은 에노키다 본인도 잘 알고 있다.

"학대하는 부모 그 자체를 죽이게 됐지."

"그렇습니다. 흔히 학대는 연쇄된다고들 하지요. 학대를 받은 아이들의 3, 40퍼센트가 부모가 되었을 때 자식에게 학대를 가한다는 통계도 있습니다."

메케는 그 연쇄를 끊어내려고 했다. 그래서 그는 에노키다에게 정보를 달라고 했던 거겠지.

사체를 거꾸로 매단 이유는 과거에 자신이 받았던 것처럼 벌을 주기 위해서. 얼굴에 낙서를 한 것은 피해자와 자신을 동일화시키기 위해서. 상식에서 벗어난 행동이긴 했지만, 그 나름의 까닭이 있었던 모양이다.

전 담당의의 이야기를 들으니 베일 속에 감춰져 있던 사이코 피에로의 인물상이 이제야 보이기 시작했다.

"……부모는 택할 수 없다는 말이 있긴 한데."

병원을 나온 뒤에 에노키다는 혼잣말을 하고서 작게 웃었다.

"그 남자의 처지가 차라리 부러운데?"

* * *

새하얀 침대 위에서 눈을 뜬 지로는 벌떡 몸을 일으켰다. 어제 일이 떠올랐다. 사에키에게 치료를 받은 뒤에 그대로 기절하듯 잠에 빠졌다.

"……몸 상태는 어떻습니까?"

사에키가 얼굴을 들여다보자 지로가 황급히 물었다.

"사에키 쨩, 지금 몇 시야?"

"그렇게 갑자기 움직이지 말고요."

사에키는 일어서려고 하는 지로를 나무란 뒤에 손목시계를 힐끔 봤다.

"지금 4시가 넘었습니다만."

"아침 4시?"

"아뇨, 오후."

……망했다.

그로부터 반나절이나 넘게 지났다. 아무리 부상을 입었다고는 해도 푹 잠에 빠지다니 스스로에게 짜증이 난다.

"어서 돌아가야 해!"

미사키가 걱정이 된다.

사에키가 제지했지만 뿌리치고서 지로는 병원을 뛰쳐나갔다.

미사키에게 전화를 걸었지만 연결이 되지 않았다. 아무래도 불길한 예감이 든다.

자택인 맨션으로 돌아간 지로는 경계하면서 문을 살며시 열었다.

냐옹, 하고 느긋하게 우는 소리가 들렸다.

기르는 고양이의 목소리다. 이름은 쿠로마티. 그 일을 계기로 집에서 기르게 된 검은 고양이다. 그래서 애완동물을 키울 수 있는 맨션으로 이사했다.

경계심이 강한 고양이가 이렇듯 무방비한 모습을 보였으니 집 안은 안전하겠지. 적이 침입한 흔적도 없다. 지로는 일단 안도했다.

"쿠로 짱, 다녀왔어."

안으로 들어가니 쿠로가 발치에 달라붙었다. 무척이나 끈끈하게 달라붙는다. 배가 고플 때 보이는 몸짓이다.

"미사키가 밥을 안 줬니?"

먹이 그릇은 텅 비어 있었다. 캣푸드를 채워주자 쿠로가 허겁지겁 먹기 시작했다.

"얘, 미사키."

불러봤지만 대답은 없다.

미사키는 어디에도 없었다.

대신에 탁자 위에 놓인 쪽지를 발견했다.

'가출합니다. 찾지 마세요.'

하얀 종이에 그렇게 적혀 있다. 미사키의 글씨체다.

……가출?

"……어머, 말도 안 돼."

지로는 놀란 나머지 손바닥으로 입을 가렸다.

숨이 넟을 뻔했나.

당장 미사키의 휴대전화의 GPS 로그를 살펴봤다. 그녀의 휴대전화에는 어린이용 방범기능이 달려 있어서 지로의 휴대전화 어플리케이션으로 위치를 확인할 수가 있다.

그 기록에 따르면 어젯밤에 미사키는 맨션을 나간 뒤에 하카타역 지쿠시구치 방면으로 향했다. ……반바의 사무소다 그곳을 나간 뒤의 로그는 없다. GPS가 꺼진 모양이다.

* * *

사무소 문을 난폭하게 두드리는 소리가 났다.

"……누구야, 시끄러."

텔레비전 소리가 들리지 않는다. 드라마를 보던 린이 불쾌해하며 얼굴을 찡그렸다.

"야, 누가 왔다."

"예예, 지금 갑니다."

반바는 소파에서 일어서 문을 열었다.

문을 노크한 사람은 다름 아닌 지로였다.

"어라? 지로, 무슨 일이야?"

그의 오른팔을 보고 반바의 눈이 동그래졌다.

"……아니, 그 팔은 왜 그래?"

그의 오른팔은 붕대에 감겨 있었고, 움직이지 못하도록 삼각붕대에 지지된 상태였다.

"일이 있었구만."

린도 문으로 다가왔다.

"바보짓을 좀 하는 바람에."

지로가 대답했다. 어딘지 다급하고, 당황한 듯한 목소리다. 그는 자세한 이야기는 하지 않고 이내 화제를 바꿨다.

"그것보다 큰일 났어. 미사키가 없어졌어."

"뭐? 미사키가?"

"아까 집에 돌아가보니 없었어. GPS 로그를 살펴봤더니 이 근처에서 기록이 끊어졌고……."

"일단 안으로 들어와."

반바는 그를 안으로 들였다.

응접용 의자에 지로를 앉힌 뒤 반바는 어제 일을 전부 이야기했다.

"분명 어제 미사키가 우리 사무소에 왔어. 가출했다고 했지."

그리고 도중에 나갔다. 전화를 해봤더니 집으로 돌아가

겠다고 했다.

그러나 미사키는 집으로 돌아가지 않았다. 거짓말이었 겠지. 집으로는 돌아가지 않고 어디론가로 향했다. 위치가 발각되지 않도록 휴대전화를 끄고서.

"그랬구나. 이러면 곤란한데."

지로는 걱정스러운지 이맛살을 찌푸렸다.

"사건에 휘말리지 않았으면 좋으련만……."

"미안, 지로."

반바가 입을 열었다.

"내가 도발하지 않았다면 그 녀석은 여길 나가지 않았을 텐데."

린이 어젯밤에 미사키와 무슨 일이 있었는지 말했다.

"……아니."

지로가 고개를 가로저었다.

"내 잘못이야. 그 아이가 가출을 결심할 만큼 정신적으로 궁지에 몰렸을 줄은 몰랐어."

여하튼 미사키를 찾아내야만 한다. 그 정보꾼이라면 무언가 알고 있을지도 모른다. 반바는 그렇게 생각하고 곧바로 전화를 걸었는데.

"……안 받아."

몇 번이고 걸었지만 에노키다는 응답하지 않았다. 휴대

전화가 꺼져 있는 모양이다.

다른 돈코츠 나인에게도 연락을 해봤지만 미사키가 있는 곳을 아는 사람은 없었다.

"어떻게 할래?"

"에노키다 짱한테 부탁하는 게 가장 빠른 지름길인데……."

그러나 그는 전화를 받지 않는다. 연락이 될 때까지 속수무책으로 기다리고 있을 수도 없다.

"찾으러 나가자."

반바가 제안했다.

* * *

난생 처음으로 진정한 이해자가 생긴 것 같았다. 서로의 상처를 핥아주는 것에 불과할지도 모르겠지만, 미사키에게 메케는 귀중한 존재였다.

자신과 똑같은 경험을 겪었던 남자. 아버지에게 학대를 받으며 자라온 남자. 그에게라면 뭐든지 말할 수 있다. 새아빠에게 당해왔던 모든 것을. 지로에게도, 의사에게도 말할 수 없었다. 새아빠가 종종 성기를 자기 몸에 대고서 비볐다는 것을. 지금까지 줄곧 숨겨왔지만 메케에게는 털어놓을 수가 있었다. 속에 담아뒀던 모든 것을 내뱉자 마음이 가벼워진 기분이었다.

　메케도 미사키에게 모든 것을 말해주었다. 아버지, 학대, 곡예, 시설에서의 생활. 그리고 살인. 그는 여전히 음침하게 웃으면서 비참한 과거를 이야기했다. 메케는 슬플 때도 웃는다는 걸 깨달았다.

　몇 시간이나 이야기에 푹 빠졌다. 정신을 차려보니 저녁이었다.

　아무리 메케와 서로 마음을 터놓았다고는 해도 이대로 이곳에 있을 수는 없다. 지로도 자기를 찾고 있겠지.

"메케."

　미사키는 입을 열었다.

"나, 슬슬 집에 돌아가야 해. 걱정하고 있을 테니까."

"……돌아가고 싶어?"

　메케의 낯빛이 바뀌었다.

"돌아가고 싶어?"

　그의 얼굴에서 웃음기가 사라졌다. 날카로운 시선으로 미사키를 노려봤다.

　미사키는 오싹해졌다. 자신을 죽일지도 모른다고 생각했다. 지금 '돌아가고 싶다'고 대답한다면 두 번 다시 돌아갈 수 없을 것 같았다.

미사키는 고개를 세차게 가로저었다.

"그렇지는 않아."

"진짜?"

"진짜야."

메케의 심기를 거슬러서는 안 된다. 미사키는 애써 웃으며 고개를 끄덕였다.

휴대전화 배터리가 다 떨어져서 누군가에게 도와달라고 연락할 수도 없다. 문이 잠겨 있어서 자력으로 탈출할 수도 없다.

그러나 메케를 잘 구슬린다면 이 방에서 나갈 수 있을지도 모른다.

"하지만 방 안에 오래 있었더니 좀 질려. 다른 걸 하고 놀자."

"다른 걸 하고 놀자?"

미사키는 '바로 그거야' 하고 생각했다.

"메케, 방생회에 가자."

여하튼 밖으로 나가야만 한다.

미사키가 제안하자 메케가 고개를 갸웃거렸다.

"방생회?"

설마 방생회를 모르나?

"축제야. 떠들썩해서 재밌어. 노점들도 많고."

메케가 눈동자를 반짝였다.

"재밌겠다."

……한 번만 더 구슬리자.

"같이 가자, 메케. 눌이서 같이."

메케는 잠시 생각하고서 말한다.

"응, 가자."

메케는 일어섰다.

미사키는 이맛살을 찌푸렸다.

"……그 옷차림으로 나갈 생각이야?"

방생회는 하카타의 3대 축제 중 하나다. 모든 생명을 자애하고, 가을의 결실을 감사하는 축제라고 한다. 예전에 지로가 그렇게 알려주었다. 매년 9월 12일부터 18일까지 진행되는데, 하코자키궁 참배로에 수많은 노점들이 들어선다. 아침부터 밤까지 온종일 인파로 북적거린다.

메케의 캠핑카를 타고 하코자키까지 달려간 뒤 빈 주차장에서 정차했다. 거기서부터 걸어서 갔다. 행사장에 다가가자 가슴 뛰게 하는 글자들이 시야에 들어왔다. 닭꼬치, 감자튀김, 핫도그, 크레페, 그리고 솜사탕과 사과 사탕, 친숙한 우메가에모치, 명물인 유리 공예와 하카타 짬뽕. 타코스와 케밥, 터키 아이스크림을 파는 외국인도 보였다.

음식 말고 다른 것들도 충실하다. 금붕어, 잉어에 장어, 가재 낚시까지 즐길 수 있다.

"⋯⋯이게 방생회?"

메케가 행사장을 둘러보고 말했다. 평소처럼 화려한 복장을 입고 있지만, 마스크로 얼굴을 가렸다.

"그래. 재밌을 것 같지?"

일단 밖으로 나올 수 있어서 미사키는 안도했다.

"재밌을 것 같다."

메케가 고개를 끄덕인다. 아무래도 마음에 든 모양이다.

노점 사이로 난 길이 쭉 이어져 있다. 도중에 오른쪽으로 꺾어 한동안 나아가니 무시무시한 간판이 보이기 시작했다. 귀신의 집이다. 울부짖는 아이들이 출구 밖으로 잇달아 뛰쳐나왔다.

귀신의 집⋯⋯. 이거 이용할 수 있을지도?

"메케, 저기 귀신의 집이 있어."

미사키가 간판을 가리켰다.

귀신의 집에 함께 들어간 뒤 어둠 속에서 메케를 따돌린다면 그대로 집으로 돌아갈 수 있을지도 모른다. 그렇게 생각했다.

"얘, 들어가자. 귀신의 집. 재밌을 것 같아."

미사키가 열심히 권했지만, 메케는 완고하게 거부했다.

"……싫어."
"왜?"
"귀신 무서워."
간판에 그려진, 무섭게 생긴 여사 유명을 보고 메케는 떨고 있었다.
그 모습을 본 미사키의 입에서 무심코 본심이 새어나온다.
"……메케가 더 무서워."

7회 말

"……이런, 이런 사룻치, 여전히 심심해 보이네?"

다트 바 '레이디 마돈나'의 지하층. 박스석에 푹 기대어 앉아 있으니 등 뒤에서 어떤 남자가 말을 걸었다. 자신을 '사룻치'라고 부르는 사람은 그 녀석뿐이다.

"……무슨 볼일이냐? 나오."

사루와타리는 상대를 확인하지도 않고 앞을 바라보며 대답했다.

닛타가 맞은편에 앉았다.

"심심해보이는 사룻치를 위해서 재밌는 일거리를 찾아왔지."

"재밌는 일거리?"

사루와타리가 몸을 앞으로 내밀었다.
"진짜냐?"
"진짜, 진짜."
닛타가 평소처럼 수상쩍게 웃고 있다.
"이번 상대는 후쿠오카의 킬러야. 사룻치가 바라는 대로."
"……후쿠오카의 킬러?"
어떤 남자의 얼굴이 떠올랐다. 사루와타리가 몸을 더 앞으로 내밀었다.
"설마? 얼간이 탈?"
그 말을 들은 닛타는 입술을 일그러뜨리며 의미심장한 표정을 지었다.

곧바로 모노레일을 타고 JR고쿠라역에 도착한 사루와타리는 희희낙락하며 특급 소닉호를 타고 후쿠오카로 날아갔다. 순식간에 JR하카타역에 도착했다.
역 근처 찻집에서 의뢰인과 만나기로 했다. 약속장소인 작은 가게에 들어간 뒤에 사루와타리는 커피를 마시면서 의뢰인을 기다렸다.
상대는 폭력단의 젊은 두목이라고 들었다. 그러나 나타난 사람은 평범한 남자였다. 두목이라기보다는 일반기업의 과장 같은 분위기가 풍겼다.

사루와타리는 맞은편에 앉은 남자에게 말을 걸었다.

"네가 무타가와파의 산조? 야쿠자로는 안 보이는데."

"그런 소리를 곧잘 듣습니다."

상대가 쓴웃음을 지었다.

산조가 값을 매기는 듯한 눈으로 쳐다봤다.

"잘 아는 중개업자한테 실력이 가장 좋은 킬러를 알아봐달라고 부탁했더니 당신을 소개해주더군요."

아무래도 자신의 평판이 인접 도시에까지 확실하게 퍼진 모양이다. 나쁜 기분은 아니었다.

"기타큐슈에서는 이름이 알려진 킬러이고 실력은 좋지만, 다루기가 조금 까다롭다고 덧붙이더군요."

악평도 퍼진 모양이다.

사루와타리가 아무 말도 하지 않자 산조는 히죽 웃었다.

"뭐, 좋습니다. 일만 제대로 처리해준다면 아무런 불만 없습니다."

"그래서? 누굴 죽이면 돼?"

사루와타리가 본론으로 들어가자 산조가 모호하게 대답했다.

"그게, 상대가 누구인지 우리도 잘 모릅니다."

그게 뭔 소리야? 사루와타리는 얼굴을 찡그렸다.

"부하의 얘기에 따르면 피에로처럼 생긴 남자라고 합니

다."

"피에로?"

그 말을 듣고 사루와타리는 혀를 찼다.

"……얼빠진 낯을 쓴 놈이 아니라?"

산조는 사정을 설명했다. 그의 이야기에 따르면 마약을 거래하는 폭력단을 노리는 사건이 연이어 벌어졌다고 한다. 그 사건의 범인으로 추정되는 피에로처럼 생긴 남자가 최근에 무타가와파를 습격했다.

오늘 늦은 밤에 무타가와파는 중요한 거래를 앞두고 있다. 그래서 방해꾼이 끼어드는 것은 바람직하지 않다.

"다시 말해서 날더러 경호를 맡으라?"

"그렇습니다. 거래 현장까지 동행해서 녀석이 나타나면 죽인다. 간단한 일이죠?"

사루와타리는 흥, 하고 콧방귀를 꼈다. 당연히 간단하지. 상대가 누구든 상관없다.

"오늘밤 10시에 이곳으로 와주십시오. 우리 조직의 창고입니다. 거기서 내 부하가 대기하고 있습니다."

산조는 그렇게 말하고서 주소가 적힌 메모지를 건넸다.

……창고에서 부하와 함께 상품을 실은 트럭에 탄다. 그 뒤에 트럭은 항구로 향한다. 상품을 밀수선에 선적하는 동안에 적이 습격하지 않는지 철저히 감시한다. 만약에 적이

습격하면 응전한다.

그것이 의뢰 내용이었다.

* * *

카세의 차가 하코자키에 도착했을 때 산조에게서 전화가 걸려왔다.

"킬러를 수배했으니 창고에서 합류해줘."

산조가 말했다.

"예, 알겠습니다."

"그쪽은 어때?"

산조가 묻자 이시하라는 흠칫 놀랐다. 식은땀이 흐른다.

"순조롭습니다."

거짓말이다.

아이 하나가 죽었다는 것을 산조에게 보고하지 않았다. 사체는 비밀리에 처리했다.

"또 연락하겠습니다."

통화를 끝내고 차에서 내린다. 행사장에서 조금 떨어져 있긴 하지만, 운 좋게 차량 한 대를 세울 수 있는 공간이 딱 남은 코인 주차장을 발견했다.

"사람이 많네요."

주변을 돌아보며 카세가 말했다.

"오늘이 마지막 날이니까."

하카타 3대 축제 중 하나인 방생회. 행사장인 하코자키 궁은 수많은 사람들로 북적거렸다. 길 양옆에는 전구를 켜 둔 노점들이 늘어서 있다.

평일 낮에는 노인이 많고 어린이가 적다. 게다가 눈에 띈다. 노릴 거라면 수업이 끝난 저녁과 밤이 좋다. 이시하라는 지금이 딱 최적의 시간대라고 판단했다.

"미아가 된 아이를 찾아내면 돼. 그 다음에는 아까 일러줬던 대로 해."

이시하라가 지시하자 카세가 고개를 끄덕인다.

"알겠습니다.

이시하라와 카세는 흩어져서 아이를 물색했다.

한동안 걸어가니 초등학교 저학년으로 보이는 남자애를 발견했다.

"……야."

말을 걸자 아이는 발걸음을 멈추고서 이시하라의 얼굴을 올려다봤다.

"엄마는?"

아이가 고개를 가로젓는다. 역시 미아인 모양이다. 부모를 놓쳤는지 고개를 푹 숙인 채로 울면서 걷고 있었다.

"같이 찾아줄까?"

아이가 고개를 끄덕였다. 손을 뻗자 살며시 쥐었다. 옆에서 보면 아버지와 아들로 보이겠지. 아무도 의심하지 않을 것이다.

이제는 친부모와 맞닥뜨리기 전에 차까지 데리고 가면 된다.

사각 위치에서 약을 흡입케 하여 아이를 재웠다. 힘이 빠진 작은 몸을 안아올렸다.

피곤에 지쳐 곯아떨어진 아들을 안고 있는 아버지인 척 연기하면서 이시하라는 주차장으로 돌아갔다. 도중에 위장용으로 솜사탕을 구입했다. 오른손으로는 캐릭터가 그려진 물색 봉투를 들고 있고, 왼손으로는 아이를 안고 있으니 아무도 아이를 유괴하러 온 야쿠자라는 걸 알아차리지 못할 것이다.

차로 돌아가 뒷좌석에 남자애를 앉힌 뒤 안전벨트를 채웠다. 이곳에 온 지 한 시간이 지났다.

잠시 뒤에 전화가 걸려왔다. 산조인 줄 알고 순간 섬뜩했다. 화면을 보고 이시하라는 안도의 숨을 내뱉었다. 카세가 건 전화였다.

"뭐야?"

"지금 어딥니까?"

"차 안이야."
"예? 벌써 잡았습니까?"
카세가 목소리를 높였다.
"그래."
카세는 서둘러서 가겠다며 전화를 끊었다.
그로부터 한 시간쯤 뒤에 카세가 아이를 안고 주차장에 나타났다.
"죄송합니다. 늦었습니다."
카세는 머리카락이 짧은 여자애를 유괴해왔다.
"혼자 걷고 있는 아이가 좀처럼 보이지 않아서요."
방금 전처럼 잠든 아이를 뒷좌석에 앉힌 뒤 안전벨트로 고정시킨다. 카세는 운전석에 앉아 차를 몰았다.
두 사람을 확보했으니 상품은 모두 여섯 명. 약속한 숫자를 맞추었다.
그러나 아직 불안감을 지워낼 수가 없었다.
이시하라는 생각한다. ……아이가 또 죽으면 어떻게 하지?
만약에 이 아이들 중 누군가가 병에 걸려서 수송 중에 죽어버린다면? 어떤 사고가 벌어져서 상품으로서의 가치가 없어진다면?
한번 걱정을 하기 시작하자 그치지 않았다. 잇달아 불안한 미래가 떠올라 이시하라의 마음을 좀먹어간다.

여섯 명으로는 부족하지 않나? 예비 상품을 더 준비해두는 편이 낫지 않을까? 이시하라는 그런 생각을 하면서 차창 밖을 쳐다봤다. 어느새 해가 저물어 주변이 어두워졌다.

 불현듯 두 눈에 어떤 광경이 비치자 이시하라가 목소리를 높였다.

 "……이봐, 멈춰."

 카세는 시키는 대로 차를 도로가에 멈췄다.

 "왜 그럽니까?"

 "저길 봐. 꼬맹이가 있어."

 이시하라는 차창 밖으로 턱으로 가리켰다.

 초등학생쯤으로 보이는 소녀가 밤길을 홀로 걷고 있다. 더할 나위없는 절호의 먹잇감이었다.

 "마침 잘 됐다. 붙잡자."

 이시하라가 히죽 웃었다.

 "예? 이미 두 명이나 붙잡았는데요?"

 "또 죽으면 어떡해. 숫자가 부족해지면 곤란하잖아."

 예비 상품을 더 마련해둬야만 한다. 만약을 위해서.

8회 초

사격과 공던지기, 활쏘기 코너 등이 모여 있는 놀이 에어리어도 수많은 사람들로 북적거렸다. 축제에서 빼놓을 수 없는, 가슴 두근거리는 광경이었다.

"메케, 저거 하자."

미사키가 구석에 있는 가게 간판을 가리켰다.

"뭔데?"

"다트."

미사키는 메케의 팔을 잡고 가게 앞으로 끌고 갔다.

"3백 점 이상 따내면 경품을 받을 수 있을지도 몰라."

줄을 서서 순서를 기다린 끝에 드디어 차례가 돌아왔다. 한 게임당 요금은 5백 엔이고, 다트 다섯 개를 던질 수가 있다. 요금은 메케가 치렀다.

미사키는 다트를 쥐고서 표적을 향해 던졌다. 그러나 맞지 않았다. 아니, 표적조차 스치지 못했다.

잇달아 도전했지만 죄다 실패였다.

"쥐봐, 쥐봐."

메케가 그렇게 말하고서 미사키의 손에서 마지막으로 남은 다트를 뺐었다. 그는 목표를 확실하게 설정한 뒤에 익숙한 손놀림으로 다트를 던졌다.

다트가 흰색과 검은색으로 된 표적에 명중했다. 한가운데다. 점수는 5백 점.

"형씨, 대단한데."

노점 주인이 놀라워했다.

"이 안에서 마음에 드는 경품을 가져가."

미사키와 메케는 경품이 진열되어 있는 공간에서 물품을 물색했다. 인형과 장난감 총 등 아이들이 기뻐할 만한 것들이 모여 있다. 그러나 미사키의 흥미를 끄는 것은 없었다.

"이건 어때?"

메케는 비스듬하게 메는 작은 가방을 집었다.

"귀엽긴 한데."

분명 여아용 상품이다.

"메케, 이거 멜 수 있겠어?"

미사키가 묻자 메케는 고개를 가로저었다.

"자, 선물."

메케는 그 가방을 미사키의 가녀린 목에 걸었다.

"내게 주는 거야?"

"응."

"……고마워."

감사 인사를 하자 메케는 만족스러운 표정을 지었다.

놀이 에어리어를 나와 도리이를 지나자 한층 더 시끌벅적해졌다. 특설 무대 앞에 사람들이 모여 있다. 메케가 그곳을 가리킨다.

"뭘 하고 있어."

화려한 의상을 입은 남자가 무대 위를 돌아다니고 있다.

"마술사다."

메케가 신이 난 목소리로 말했다.

그의 직업은 곡예사라고 했다. 직업 때문에 이런 무대를 보면 가슴이 뛰는 걸까? 메케는 미사키의 팔을 당겨 쭉쭉 앞으로 나아갔다. 보다 가까이서 보려고 인파를 헤집고 걸어간다.

방생회 기간 중에 이 무대에서는 다양한 공연들이 펼쳐진다고 한다. 원숭이 쇼에 곡예, 밴드 라이브와 댄스 쇼까지 다양하다.

때마침 지금은 마술사가 공연을 하는 시간이었다.

맨 앞에 도착하자 메케는 눈동자를 반짝이며 무대를 쳐다봤다.

"……그럼 관객께 도움을 받아보도록 할까요."

실크햇을 쓴 중년 마술사가 관객을 둘러보고 있다.

그리고 미사키를 점찍었다.

"거기 어린 아가씨."

마술사가 무대에서 내려와 미사키에게 종이와 펜을 건넸다.

"이 종이에 1부터 9까지의 숫자 중에서 좋아하는 숫자를 적어주세요."

귀찮게 여기면서 미사키는 딱히 고민하지 않고 대충 '1'이라고 적었다.

"뭘 적었습니까?"

마술사가 묻자 미사키는 종이를 내보였다.

"'1'이군요."

마술사가 관객을 둘러보며 크게 말했다.

"실은 아가씨가 '1'을 쓸 거라는 걸 이미 예상하고 있었습니다."

마술사는 그렇게 말하고서 가슴 주머니에서 트럼프를

꺼냈다. ……스페이드 에이스다.

관객석에서 박수가 터져나온다.

"대단해, 맞았다!"

옆에서 메케도 놀라워했다.

"미사키, 마음 읽혔다!"

"……시시해, 가자."

인파에서 벗어나고자 미사키는 메케의 옷을 잡아당기며 발걸음을 돌렸다.

메케는 미사키의 손에서 펜과 종이를 빼앗아 물끄러미 쳐다보고 있다.

"이거 마법 펜? 마법 종이?"

"평범한 펜과 평범한 종이."

미사키는 한숨을 작게 내쉬었다.

"그건 초보적인 트릭이야. 1부터 9까지의 숫자가 적힌 모든 트럼프 카드를 몸 여기저기에 미리 넣어뒀을 거야. 내가 '2'를 적었다면 반대쪽 주머니에서 꺼냈을걸?"

"……뭐야."

미사키가 트릭을 밝히자 메케는 실망했다.

"마술은 곡예와 달리 속임수와 장치가 있어."

미사키는 충격을 받은 메케를 데리고서 이번에는 참배객들 뒤에 줄을 섰다.

"자, 참배하자."

"참배?"

"신님께 소원을 비는 거야."

잠시 뒤에 자신들의 차례가 들이왔다. 새전함에 동전을 던진 뒤 손뼉을 치고서 합장한다.

······지로 짱과 줄곧 함께 지낼 수 있기를.

눈을 감고 마음속으로 중얼거린다.

옆에서 메케가 흉내 내고 있었다.

* * *

공원과 도서관 등 미사키가 갈만한 곳을 분담하여 찾아 봤지만, 모두 허사였다. 해도 저물어서 반바와 린, 지로는 일단 수색을 멈추고 다시 탐정사무소에 모였다.

그때 반바의 휴대전화가 울렸다.

"여보세요, 반바 씨?"

에노키다의 목소리다.

이제야 연락이 닿았다.

"여러 번 전화를 한 모양이네. 미안, 병원에서 사람을 좀 만날 일이 있어서 전원을 꺼놨었어."

에노키다가 말했다.

"그래서? 왜 전화했어? 무슨 일이 있어?"

"미사키가 없어졌어."

반바가 말하자 에노키다가 "아~" 하고 중얼거렸다. 무언가 아는 눈치였다.

"미사키라면 어제 내게 왔었어. 지로 씨의 위치를 알려달라고 했는데."

"그게 몇 시쯤이었어?"

"내가 어제 지로 씨한테 전화를 걸었던 때였으니까……. 9시 즈음인가."

미사키가 이 사무소를 방문한 시각은 어젯밤 8시 반 즈음이었다. 미사키는 이곳을 나간 뒤에 곧장 에노키다를 찾아갔을 것이다.

"그 뒤에 미사키는 어디로 갔어?"

"아마도 지로 씨를 쫓아가지 않았을까. ……아, 이건 미사키 짱한테 함구해줘. 비밀로 해달라고 약속했거든."

"여하튼 당장 미사키가 어디에 있는지 찾아봐줘."

"어제 미사키와 만났을 때 옷 주머니에 발신기를 붙여놨어. 지금부터 알아본 다음에 다시 연락줄게."

반바는 감사 인사를 하고서 전화를 끊었다.

* * *

지로는 고개를 들고서 통화를 마친 반바에게 물었다.
"에노키다 쨩이 뭐래?"
"어제 미사키가 에노키다한테도 갔던 모양이야. 지로의 위치를 알아봐달라고 의뢰했었대."
지로는 화들짝 놀랐다. 그러고 보니 어젯밤에 에노키다가 전화를 걸었었다. 지금 어디에 있어? 하고 물었다.
"설마 그때 전화……."
"미사키가 에노키다한테 비밀로 해달라고 부탁했던 모양이야."
"그래서 그 아이한테 내 위치를 알려줬대?"
반바는 고개를 끄덕였다.
착신이력을 확인한다. 에노키다가 전화를 건 시각은 9시 즈음이다. 야쿠자 녀석들에게 습격을 받은 건 그로부터 10분쯤 뒤. 만약에 미사키가 정말로 'Smokin' hot'을 찾았다면 사건에 휘말렸을 가능성이 충분히 있다.
"그래서 그 녀석은 지금 어디에 있어?"
린이 물었다.
"에노키다가 알아본다고 했으니 연락을 기다리자고."
지로는 한숨을 깊이 내쉬고서 머리를 싸쥐었다.

"이래서 일을 도우려는 미사키를 극구 말렸던 건데……."
"아니, 반대지."
반바가 부정했다.
"일을 거들게 하지 않아서 이런 일이 벌어진 거야."
지로는 이맛살을 찌푸렸다.
"……무슨 의미야?"
"아마도 미사키는 동료들이 자신을 따돌리는 게 싫었을 거야."
"따돌린다고?"
이번에는 린이 물었다.
"그 아이는 뒷세계를 늘 봐왔어. 우리와도 교류를 했지. 그런데 자신은 그 테두리 안에 들어갈 수가 없어. 그렇다고 해서 평범한 생활에 적응하기도 어렵고."

지로와 반바가 사는 '뒷세계'에도, 학교 친구들에게 둘러싸여 있는 '바깥 세계'에도 미사키가 있을 곳은 없다.

그녀는 좁은 세상에서 아무런 이해자도 없이 줄곧 소외감을 느끼면서 살아왔을 것이다.

"어쩐지 그런 생각이 들더라고. 미사키는 자신이 머물 곳을 만들기 위해서 억지로 이쪽 세계에 뛰어들려고 했던 것 같아."

반바의 말을 듣고 지로는 가슴이 도려내지듯 아팠다.

아이들 특유의 반항기일 거라고 어설프게 생각했었다. 하지만 미사키는 발버둥을 치고 있었던 건가?

자신은 그저 미사키를 필사적으로 지키고자 했을 뿐이다. 그녀가 위험한 환경에서 벗어날 수 있도록 애를 썼다.

그 결과가 이것이다.

좀 더 일찍 그녀의 고독을 알아차리고서 이해를 해주었더라면 이런 일은 벌어지지 않았을 것이다.

"정신 차려, 지로."

반바는 창백해진 얼굴로 머리를 싸쥐고 있는 지로의 어깨를 여러 번 두드렸다.

"아버지잖아, 정신 차리라고."

* * *

어느새 해가 저물었다. 노점에서 산 크레페를 한입 가득 먹으면서 주차장까지 걸어간다.

즐거운 하루였다. 이렇게 마음껏 놀아본 건 난생 처음일지도 모른다. 축제라는 비일상적인 분위기에 취해서 평소답지 않게 까불고 말았다.

"방생회, 재밌었다."

나란히 걷고 있는 메케가 묻는다.

"다음에, 어디 가?"

메케가 그렇게 말하자 미사키는 발걸음을 멈췄다.

본래 목적을 잊고 있었다는 걸 비로소 알아차렸다.

즐거운 나머지 완전히 깜빡했다. 나란히 걷고 있는 남자가 살인마이자 유괴범이라는 것을. 이 남자에게서 달아나기 위해서 방생회에 온 것이다. 그런데 도망치기는커녕 함께 놀고 말았다.

축제 때문만은 아니다. 지로와 라멘즈 멤버를 제외한 다른 사람과 이렇듯 만난 것은 처음이었다. 친구가 생긴 것 같은, 자신만의 세계가 생긴 것 같은 기분이 들어서 기뻤다.

이 시간이 아쉬웠다. 상대가 살인마인데도 또 이렇게 같이 놀고 싶다는 생각이 들었다.

그러나 이제는 집에 돌아가야만 한다. 지로의 곁으로 돌아가야 한다.

두 사람은 주차장에 도착했다. 미사키는 앞서 걷고 있는 메케의 등에 대고 말한다.

"……있잖아, 메케."

그는 자신에게 위해를 가하지 않았다. 정말로 상냥한 사람이라는 것도 알고 있다.

그러니 말을 하면 틀림없이 알아줄 것이다.

"미안…… 여기서 작별하자."

"작별?"

캠핑카에 타려던 메케가 고개를 갸웃거린다.

"왜,"

"집에 돌아가지 않으면 지로 짱이 걱정해."

"지로 짱?"

"내 아빠."

"아빠?"

미사키가 황급히 덧붙였다.

"아, 아냐. 좋은 아빠야."

그러고는 메케에게 다가가 그 손을 꼬옥 쥐었다.

"친구니까 미사키의 바람을 들어줄 거지? 부탁할게, 메케."

미사키는 올려다봤다. 그 눈을 응시하며 애원했다.

"집에 가게 해줘."

메케는 한동안 입을 다물다가 이윽고 입을 연다.

"……또, 만날 수 있어?"

작은 목소리로 말했다.

"물론이지. 약속할게."

미사키는 고개를 힘차게 끄덕였다.

메케는 쓸쓸한 표정을 짓긴 했지만, 그래도 고개를 끄덕여주었다.

"……알았어."

납득해준 모양이다. 미사키는 안도의 숨을 내뱉었다.

"고마워."

메케는 어디선가 종이와 펜을 꺼냈다. 아까 마술사가 건네줬던 것이었다.

그는 종이에 무언가를 적고는 "자," 하고 미사키에게 건넸다.

전화번호가 적혀 있다. 그의 연락처겠지.

"이러면, 또 만날 수 있다."

"맞아. 꼭 전화할게."

약속을 나눈 뒤 미사키는 건네받은 메모지를 메케가 준 가방 주머니 안에 넣었다.

"그럼 안녕, 메케. 또 놀자."

미사키는 손을 흔들었다.

메케는 차에 올라탔다. 운전석 밖으로 고개를 내밀고서 손을 흔든다.

"또 봐, 미사키."

차가 달리기 시작한다.

미사키는 작아져가는 붉은 상자를 향해 계속해서 손을 흔들었다.

메케와 헤어진 뒤 미사키는 주차장을 나왔다. 우선 지하철을 타야 한다. 여기서부터 하코자키미야마에역까지는 미사키의 발걸음으로 20분이면 도착하겠지.

한동안 걷고 있으니 옆에서 어떤 차 한 대가 멈췄다.

"……미안, 잠깐 실례 좀 할게."

남자가 차창 밖으로 고개를 내밀고서 말을 걸었다.

"길을 좀 묻고 싶은데."

나쁜 어른일지도 모른다.

미사키는 경계하면서 남자를 째려봤다. 그 남자의 어깨 너머로 어린애의 모습이 보인다. 조수석에서 초등학생쯤으로 보이는 남자애가 자고 있었다. 아들인가?

……뭐야? 애 아빠였어?

정말로 길을 헤매고 있는 듯했다. 미사키는 경계를 풀고서 한걸음 다가갔다. ……바로 그때였다.

뒷좌석 문이 열리더니 다른 남자가 튀어나왔다.

너무나도 갑작스러워서 반응이 늦어졌다. 그 남자가 놀라서 굳어버린 미사키의 팔을 덥석 쥐었다.

"이거 놔!"

미사키가 소리를 질렀다.

"조용히 해."

남자가 발버둥치는 미사키를 억누르며 손바닥으로 입을 틀어막았다.

목소리가 나오지 않았다.

어떻게든 달아나고자 미사키는 필사적으로 저항했다. 몸싸움을 벌이던 도중에 어깨에서 가방이 스르륵 흘러내려갔다.

남자는 미사키의 몸을 가볍게 들어 올리고는 그대로 차 안으로 끌고 들어갔다.

* * *

에노키다가 연락을 했다. 미사키의 위치를 알아봤더니 그녀는 줄곧 하코자키궁 부근을 배회했다고 한다. 현재는 하코자키궁에서 조금 떨어진 지점에서 위치정보가 끊어졌다고 한다.

지로와 반바, 린은 당장 차를 타고서 그곳으로 향했다.

"……없어."

미사키의 모습이 보이지 않았다.

그곳은 골목이었다. 차 한 대가 겨우 지나갈 수 있을 만큼 폭이 좁다. 그리고 가로등도 없어서 캄캄하다. 축제장에서 조금 떨어져 있어서 차량도, 사람도 거의 지나가지 않았다.

"이봐, 지로. 이거."

린은 땅바닥에 떨어져 있는 빨간색 가방을 주워서 지로에게 건넸다.

본 적이 없는 가방이다. 미사키의 것이 아니다. 그러나 안을 확인해봤더니 어린이용 휴대전화가 들어 있었다.

"……미사키 거야."

바로 에노키다에게 전화를 걸었다. 반바와 린에게도 들리도록 스피커 모드로 전환했다.

"미사키가 없어. 휴대전화가 떨어져 있었고."

그뿐만이 아니다 먹다만 파르페도 떨어져 있다. 발에 짓밟혔는지 내용물이 튀어나와 있다.

그 부근을 유심히 살펴보니 붉은등거미 모형이 발견되었다. 에노키다가 심어둔 발신기다. 어쩌다가 미사키의 몸에서 떨어졌겠지.

미사키는 방생회에 갔었던 건가?

그리고 이곳에서 누군가에게 납치되었다.

"감시 카메라 영상을 볼 수 없나?"

린이 물었다.

"그곳에는 설치되어 있질 않아."

에노키다가 말했다.

"하지만 그 골목 입구 쪽에는 카메라가 있으니 범인의 모습이 찍혀 있을지도."

에노키다가 잠시만 기다리라고 했다. 컴퓨터를 조작하고 있겠지.

몇 분 뒤에 에노키다가 입을 열었다. 무언가 성과가 있었던 모양이다.

"미사키 짱의 위치정보가 끊어졌을 즈음에 그 골목에서 나온 차량을 발견했어. 차량번호도 제대로 찍혀 있어."

"차량 소유주는?"

"카세라는 남자."

에노키다가 대답했다.

"누구야?"

"무타가와파 조직원이야. 말단이야. 알아봤더니 전과가 있더라고."

"무타가와파라고?"

현기증이 났다.

바로 얼마 전에 무타가와파 조직원과 술집에서 분쟁을 벌였었다. 그때는 어떻게든 달아날 수 있었지만, 이제 칼끝을 미사키 쪽으로 돌린 모양이다.

"……내 탓이야."

반바는 창백해진 지로의 등을 위로하듯 두드리면서 에노키다에게 말한다.

"그 차, 어디로 갔어?"

"방범 카메라로 쫓아봤더니 동쪽으로 가던데."

"동쪽? 집으로 가는 길이야? 아니면 조직 사무소로 가는 길이야?"

린이 고개를 갸웃거렸다.

"집도, 사무소도 아냐. 반대 방향으로 가고 있어."

"그럼 그 차는 어디로……."

"그 방향에는 무타가와파가 소유하고 있는 창고가 있어."

린은 '거기구나' 하고 중얼거렸다.

"창고 주소는?"

"지금 그쪽으로 보낼게."

통화가 끊어졌다. 잠시 뒤에 메일이 들어왔다. 에노키다가 보낸 것이다. 위치정보가 첨부되어 있다. 열어보니 표식이 찍혀 있는 지도가 화면에 띄워졌다.

반바가 말한다.

"지로, 가자."

지로는 고개를 끄덕였다.

"그래, 어서 가자."

딸을 구하기 위해서.

* * *

미사키는 눈동자만 돌려서 주변을 확인했다. 골판지 상자가 벽 쪽에 쌓여 있는, 그지 넓기만 한 공간이었다. 아마도 창고겠지.

좁은 우리 안에서 미사키는 무릎을 감싼 채 웅크리고 있었다. 근처에는 마찬가지로 대형견용 우리가 늘어서 있다. 같은 또래의 남녀 초등학생들이 제각기 우리 안에 갇혀 있었다. 울고 있는 아이도 있는가 하면, 웅크린 채 떨고 있는 아이도 있다. 그들이 뿜어내는 불안과 공포, 고독이 자신에게까지 전염될 것 같아서 미사키는 고개를 가로저으며 스스로를 북돋았다.

……정신 차려야 해.

뺨을 가볍게 때리고서 마음을 단단히 먹었다.

……난 평범한 아이와는 달라. 울기만 하거나, 두려워하기만 하는 아이들과는 다르다고.

……난 복수대행업자의 딸.

……이 정도로는 끄떡없어. 별것 아냐.

제 자신을 타이르면서 자신이 처한 현재 상황을 파악한다. 중요한 것은 아는 것이다. 현재 상황과 상대의 정보 말이다.

미사키는 생각했다. 녀석들의 목적이 뭘까?

자신에게 무슨 일이 벌어졌는지 돌이켜본다. 방생회를 나와 귀가하는 길에 미사키는 남자 2인조에게 납치당했다. 그러고는 이 창고로 끌려와 우리 속에 갇혔다.

우리 안에는 더러운 모포가 들어 있다. 이걸로 몸이나 녹이라는 거겠지. 아이를 죽이려고 하는 인간이 모포 따윌 넣어줄 리가 없다. 다시 말해 그들은 아이들을 살려둘 것이다. 적어도 한동안은.

미사키는 땋아놓은 한쪽 머리카락을 풀었다. 헤어 고무를 쇠창살 틈새를 통해 멀리 날려보냈다. 자신의 신변에 무슨 일이 벌어졌을 때를 대비해 이곳에 머물렀다는 증거를 남겨둔 것이다.

"예, 모든 것이 순조롭습니다. 문제없습니다. 만약의 사태에 대비해 많이 준비해뒀습니다."

남자가 이야기를 하는 소리가 들려왔다. 길을 묻는 척 자신에게 말을 걸었던 남자다. 통화 중인 모양이다. 미사키는 가만히 귀를 기울여 이야기를 엿들었다.

"지금은 창고에 상품을 옮겨놨습니다. 이제는 트럭에 싣기만 하면 됩니다."

남자가 전화를 끊었다.

잠시 뒤에 셔터가 올라가더니 안으로 트럭이 들어왔다.

운전석에서 젊은 남자가 고개를 내민다. 낯이 익었다. 뒷좌석에서 튀어나와 미사키를 붙잡은 남자다.

"이시하라 씨, 야마자키 사장한테서 차를 빌려왔습니다."

"좋아, 옮겨."

"예."

미사키는 남자들의 목적이 뭔지 알 것 같았다.

상품……. 그렇게 말했을 때 남자는 이쪽을 힐끔 쳐다봤다. 다시 말해 아이들이 상품인 것이다.

그들의 목적은 아이를 인신매매하는 것.

그리고 저 트럭은 수송용이다. 지금부터 저 차로 아이들을 옮길 작정이겠지. 어디론가 끌려가서 누군가에게 팔릴 것이다.

트럭에 실리면 끝장이다.

남자들은 둘이서 아이들이 담긴 우리를 하나씩 짐칸에 싣는다. 처음에는 하나. 그리고 두 명, 세 명, 네 명……. 차에 실린 아이들이 불안해하며 우는 소리가 들려왔다.

자신의 차례가 다가오고 있다.

이제 시간이 없다.

……여하튼 시간을 벌자.

지로의 가르침을 지키려면 우선은 상대방의 시선을 끌 필요가 있다. 주의를 이쪽으로 끌어 이곳에 1초라도 오랫동안 머물기 위해서는…….

"저기, 아저씨!"

미사키가 외치자 이시하라와 아저씨라고 불린 남자가 돌아봤다.

"……뭐야?"

"아저씨, 야쿠자야?"

"뭐? 방금 뭐라고 했어?"

이시하라의 눈이 휘둥그레졌다.

"야쿠자지, 이시하라 씨는?"

"어떻게 내 이름을…….'

"아까 이시하라라고 불렀잖아."

이시하라는 이내 흥미를 잃은 표정으로 "귀가 밝은 꼬맹이군" 하고 중얼거렸다. 그는 담배를 피우면서 등을 돌렸다.

"……이거 인신매매지?"

미사키가 말하자 이시하라가 또 돌아봤다. 고개뿐만이 아니라 몸까지 돌리고서 눈을 동그랗게 떴다.

……먹혀들었어. 성공이야.

미사키는 입꼬리를 올렸다.

이시하라의 낯빛이 우스울 만큼 싹 바뀌었다.

8회 말

"……이거 인신매매지?"

아이의 입에서 튀어나왔다고는 도저히 믿겨지지가 않는 정곡을 찌른 말이었다.

"……뭐라?"

이시하라는 당황했다.

인신매매. 그 말이 맞다. 이제부터 아이들을 배로 옮겨 해외에 있는 고객에게 팔 예정이다. 아이들이 죽는 바람에 부족해진 숫자를 채워넣었다. 계획이 순조롭게 수정되었다고 생각했다.

이것은 예상하지 못한 사태다. 조직의 비밀을 아는 아이가 눈앞에서 웃고 있다. 이내 초조한 감정이 싹텄고, 이윽고 불안으로 바뀌었다.

 자신이 무언가 실수를 했나?

 지금까지의 행동을 돌이켜본다. 아니, 문제는 없었다.

 ……그런데 어떻게 아는 거지? 이 꼬맹이는 누구야?

 잇달아 예기치 않은 사태가 벌어지자 짜증이 솟았다.

 잠자코 있으니 그 소녀가 "역시나" 하고 옅은 웃음을 띠었다.

 유괴를 당했는데도 겁을 먹은 듯한 기색이 눈곱만큼도 보이지 않는다. 이 아이는 여간내기가 아는 듯하다.

 "……어떻게 너 같은 꼬맹이가 그걸 아는 거지?"

 "글쎄?"

 이시하라가 말하자 소녀는 아이답지 않은 여유로운 표정을 지었다.

 음흉한 꼬맹이구나 싶었다.

 사람은 정체를 알 수 없는 존재에 공포심을 품는다. 그리고 그 정체를 파악하지 않고서는 직성이 풀리지 않는다. 거래시각이 시시각각으로 다가오고 있지만, 그런 건 아무래도 상관없었다. 이시하라의 머릿속에는 이 아이가 이렇듯 여유를 부리는 이유를 밝혀내고야 말겠다는 생각뿐이었다.

 이시하라는 소녀에게 다가가 우리를 힘껏 차버렸다. 쾅,

하는 커다란 금속음이 울렸다.

"어른을 얕보지 마라, 이 빌어먹을 꼬맹이야."

카세가 황급히 말을 건다.

"저기, 이시하라 씨. 상품에 흠집이 나면 어떡하려고요!"

"이 녀석은 상품이 아냐."

이시하라는 으르렁거리는 듯한 목소리로 반론했다.

"이 꼬맹이는 놔둬."

"예?"

"이런 상황이 벌어질까 봐 넉넉하게 여섯 명이나 잡아온 거다. 한 명쯤 없더라도 별 문제는 없어."

"뭐, 그렇긴 하지만……. 어디로 데려갈 겁니까?"

"글쎄?"

이시하라는 생각했다. 예상치 못한 사태가 벌어졌다는 사실을 되도록 상사에게 알리고 싶지 않다. 그렇다면 조직이 소유한 건물에는 데려갈 수가 없다.

"내 집으로 데려가지."

아무리 아들에게 호통을 치더라도, 얻어맞은 아들이 아무리 울부짖더라도 아무도 따지러오지 않았다. 집이라면 조금 소란을 떨더라도 별문제가 없을 것이다.

"뒷일 좀 맡길게. 이제부터 이곳으로 킬러가 올 거야. 그 녀석과 합류해 짐을 수송선까지 옮겨줘."

이시하라는 아이를 턱으로 가리킨다.
"이 꼬맹이의 속내를 내가 완전히 까발려주지."

　　　　　　　＊　＊　＊

"얼빠진 탈이 아니잖아!"
사루와타리가 수화기 너머에서 버럭 화를 내자 닛타가 "어~? 뭔 얘기야?" 하고 시치미를 뗐다.
"표적 말이야! 얼빠진 탈 녀석이 아니라고!"
산조는 피에로 같은 남자라고 했다. 아무리 니와카자무라이가 평소에 엉뚱하게 입고 다닌다고 해도 피에로처럼 분장할 리는 없겠지.
"난, 상대가 니와카자무라이라고는 한 마디도 안 했는데?"
닛타가 웃는다.
"사룻치가 멋대로 지레짐작했을 뿐이야."
사루와타리는 "젠장" 하고 욕지거리를 내뱉고서 전화를 끊었다. 이대로 휴대전화를 땅바닥에 내던지고 싶은 기분이었지만, 가까스로 참아냈다. 그는 눈앞에 있는 건물을 올려다보며 휴대전화를 품속에 넣었다.
사루와타리는 무타가와파가 지정한 시각에, 지정한 곳을 찾았다. 창고 앞에 수송용 트럭 한 대가 세워져 있다.

"……드디어 왔나?"

운전석에서 젊은 남자가 고개를 내밀고서 엄지로 조수석을 가리켰다.

"빨리 타."

"지시하지 마."

사루와타리가 혀를 찼다.

"죽인다."

사루와타리가 조수석에 타자 운전수가 트럭을 앞으로 몰았다. 카세라고 하는 젊은 남자였다. 무타가와파의 조직원이라고 한다. 아마도 말단이겠지.

그런 주제에 카세가 잘난 척하면서 말한다.

"언제 어디서 적이 습격할지 모르니까 방심하지 마, 킬러."

"내가 지시하지 말라고 했을 텐데?"

사루와타리는 가볍게 흘려 넘기면서 안전벨트를 맸다.

9회 초

"꽉 밟을 테니까 안전벨트 매."

그 말처럼 지로가 가속페달을 세게 밟았다. 세 남자를 태운 미니밴이 밤거리를 질주한다.

"으앗."

차가 갑자기 왼쪽으로 틀자 무심코 비명이 새어나온다. 뒷좌석에 탄 린과 반바의 몸이 오른쪽으로 크게 기울어졌다.

"……운전 한번 험하게 하네."

옆에서 반바가 중얼거렸다. 애용하는 일본도를 지팡이처럼 의지하고서 요동치는 차 안에서 버티고 있다.

이제 곧 목적지다. 무타가와파가 소유한 창고까지는 차 두 대가 간신히 지날 수 있을 만한 비좁은 외줄기 도로가 이어져 있다.

한동안 달려가니 낡은 사각형 건물이 보이기 시작했다. ……창고다.

"트럭이 온다."

창고 앞에 세워져 있던 트럭이 움직이더니 이쪽으로 오고 있었다.

"단단히 붙잡아."

린은 운전대를 다시 꽉 쥔 지로에게 묻는다.

"이봐, 뭘 할 작정이……."

"입 닫아. 그러다가 혀 깨물라."

그 순간 지로가 운전대를 힘껏 돌렸다. 미니밴이 크게 휘청이더니 차체로 길을 틀어막고서 정차했다.

요동치던 차체가 가라앉자 창밖으로 시선을 돌렸다. 트럭이 이쪽으로 직진하고 있다.

"이런."

"부딪친다……."

지로와 린, 반바는 충격에 대비해 온몸에 힘을 주었다.

트럭 운전수가 급하게 브레이크를 밟았는지 날카로운 소리가 울려퍼졌다.

가까스로, 트럭과 충돌하지 않았다. 지로의 차와 닿을락 말락한 위치에서 겨우 정차했다.

"……죽는 줄 알았네."

반바가 한숨을 내뱉었다.

그 옆에서 린도 고개를 끄덕인다.

"수명이 한 10년은 줄었겠다."

그대로 충돌했다면 꼼짝도 없이 죽었을 것이다. 도망치지도 못하고 차 안에서 으깨졌겠지.

"미사키!"

지로가 문을 열고서 외쳤다.

운전석에서 뛰쳐나온 지로에 이어서 린과 반바도 차에서 내렸다.

느닷없이 길을 틀어막아서 트럭 운전수가 호통을 칠 줄 알았다. 그러나 예상 밖의 전개가 기다리고 있었다.

트럭 조수석 문이 열리더니 안에서 한 남자가 나타났다.

땅바닥에 가볍게 착지한 그 남자는 웃으면서 이쪽으로 걸어왔다.

"……또 만났구만. 얼빠진 탈."

귀에 익은 목소리였다.

……그 킬러다.

반바는 "끄엑" 하고 질색했다.

"또 네 놈이야!"

린도 이맛살을 찌푸리고서 험악한 목소리로 말했다.

"허구한 날 우리 꽁무니만 쫓아다니며 방해질을 하다니. 무슨 스토커냐?"

"어? 뭐라고?"

그 말이 뜻밖이었는지 사루와타리는 미간을 찡그렸다.

"왜 네가 이곳에 있어?"

오른손으로 일본도를 쥔 채 반바가 린 앞으로 걸어나왔. 그러자 사루와타리는 운전석을 엄지로 가리켰다.

"이 녀석들한테 고용이 됐거든. 킬러가 노리고 있다고 하던데, 그게 너였냐?"

"야!"

사루와타리가 상대와 느긋하게 대화를 나누자 트럭 운전수가 외쳤다.

"뭐 하는 거야! 빨리 저 녀석들이나 죽여!"

"지금 죽인다."

사루와타리가 남자를 째려봤다.

"지시하지 마."

그는 다시 이쪽으로 시선을 돌리고서 닌자도를 뽑아들었다.

"이 녀석은 내게 맡겨."

반바도 일본도의 칼자루를 꼭 쥐고서 린과 지로에게 낮은 목소리로 말했다.

"두 사람은 빨리 미사키를."

"응, 알겠어."

"죽지 마라."

린과 지로는 킬러를 반바에게 맡기고서 운전석으로 달려갔다. 운전수를 끄집어내린 뒤 린은 품에서 나이프를 꺼내 목에 대고서 협박한다.

"시키는 대로 하면 목숨만은 살려준다."

"야, 킬러!"

남자가 사루와타리에게 도움을 요청한다.

"킬러! 이 녀석들을 죽여!"

사루와타리가 성가시다는 표정으로 돌아본다.

"앙? 지금 그럴 때가 아냐."

"뭐?"

사루와타리가 거부하자 남자의 눈이 동그래졌다.

"헛소리 마! 내가 살해되면 어쩔 거야!

"죽을 테면 마음대로 죽으라지."

아무리 남자가 아우성을 쳐도 사루와타리는 거들떠도 보지 않았다. 오로지 반바를 응시하고 있다.

"미사키는 어디에 있어?"

지로가 운전수에게 따져물었다.

"미사키?"

"너희들이 유괴한 애 말이야!"

지로는 다치지 않은 팔로 총을 꺼내 남자에게 겨눴다.

"나, 난 몰라."

불린듯 트럭 안에서 목소리가 들려왔다. 아이가 우는 소리다. 지로가 한쪽 귀를 차체에 대고는 "이 안이야" 하며 고개를 끄덕였다.

짐칸은 잠겨 있었다.

지로가 방아쇠에 손가락을 건다.

"어서 열어!"

"웃기지 마! 중요한 상품이야……."

총성이 울렸다.

총구에서 초연이 피어오르고 있다. 지로가 남자를 쐈다.

"끄아악, 빌어먹을……!"

오른쪽 다리를 맞은 남자가 심하게 몸부림을 쳤다.

"다음은 반대쪽 다리야."

"알겠어! 알겠다고!"

남자는 체념하고 두 손을 들었다. 시키는 대로 짐칸 자물쇠를 풀고 양여닫이 문을 열었다.

트럭 안에는 대형견용 우리 여섯 개가 쌓여 있었다. 우리들마다 초등학생으로 보이는 아이들이 갇혀 있었다.

"너무해, 어떻게 이런 짓을……."

그 광경에 지로는 이맛살을 찡그렸다.

우리에 갇혀 있는 아이들을 둘러보고 린은 혀를 찼다. 마치 가축을 취급하는 것 같다.

"……인신매매냐?"

아까 남자가 '중요한 상품'이라고 했다. 이 아이들을 어디론가 팔아치우려고 했겠지.

"……아, 너."

그 안에 낯이 익은 아동이 있었다.

"아이카와 레나잖아?"

살해된 의뢰인인 아이카와 마리의 딸이다.

설마 이런 곳에 있었을 줄이야.

"미사키!"

지로는 짐칸에 뛰어올라 딸을 찾았다.

"미사키 어딨니……."

대답이 없다. 들려오는 것은 아이들이 울어대는 소리뿐이다.

"……없네."

우리에 갇혀 있는 아동들 중에 미사키는 없었다.

"미사키는 어딨어!"

지로가 울부짖었다. 다시 운전수에게 달려가 총을 들이밀었다.

"몰라."

남자는 고개를 가로저었다.

이곳에 없다는 건 창고 안에 갇혀 있다는 뜻인가?

"시 안을 살펴보자."

남자를 협박하여 통용문 열쇠를 빼앗은 뒤 린과 지로는 창고에 들어갔다. 건물 안은 고요했다. 인기척은 느껴지지 않았다.

미사키의 이름을 불러봤지만 대답이 없다.

주변을 둘러보고 지로는 중얼거렸다.

"……아무도 없어."

창고에 있는 것은 산더미처럼 쌓여 있는 골판지 상자뿐. 내용물은 총과 탄환, 비닐 주머니에 담긴 하얀 분말과 주사기뿐이다.

여기저기를 샅샅이 살펴보고 있을 때였다.

"……이건?"

지로가 바닥에 떨어져 있는 무언가를 찾아냈다.

헤어 고무다. 미사키의 것인 듯하다.

미사키는 틀림없이 이곳에 있었다. 그리고 그녀는 이곳에 있었다는 증거를 남겼다.

두 사람은 창고를 나왔다.

"미사키는 어디 있어?"

다시 남자에게 따져 묻는다.

"있었잖아, 창고에."

"……아아."

남자는 비로소 무언가가 떠오른 것처럼 말했다.

"그 이상한 꼬맹이를 말하는 거냐?"

"어디 있어!"

다시 총성이 울렸다. 그것도 연달아 세 발씩이나.

지로가 위협사격을 하자 남자는 "히익!" 하고 비명을 내지르고는 머리를 감싸고서 웅크렸다.

이대로 놔뒀다가는 남자가 죽을지도 모른다. 냉정을 잃은 지로를 대신하여 린이 심문한다.

"그 이상한 꼬맹이는 어디 있어?"

"이, 이시하라 씨가 데리고 갔어."

"이시하라?"

"같은 조직의 선배야."

"어디로 데리고 갔어?"

"나도 몰라!"

남자가 소리를 질렀다.

거짓말이구만.

린은 남자의 목에 나이프를 들이밀었다.

"왜 데리고 갔지?"

"그 꼬맹이가 무언가를 아는 눈치여서…… 이시하라 씨가 입을 찢어서라도 불게 하겠다고."

지로와 린은 서로를 쳐다봤다. 입을 찢어서라도……. 고문이라도 할 작정인가? 그렇다면 빨리 구해야만 하나.

"조직 사무소로 끌고 갔을까?"

"아니, 폭력단 사무소에 꼬맹이를 데리고 가는 어리숙한 짓 따윈 하지 않았겠지."

린이 고개를 가로저었다.

"듣고 보니 그렇겠네."

"그렇다면…… 집인가?"

린은 곁눈으로 남자를 노려봤다. 주의 깊게 관찰한다.

린의 말을 듣고 남자의 얼굴이 살짝 꿈틀거렸다. 아무래도 정곡을 찌른 듯하다.

"그 이시하라는 어디에 살지?"

지로가 캐묻자 남자는 고개를 가로저었다.

"그딴 걸 내가 어떻게 알아."

이번에는 거짓말을 하는 것 같지 않았다.

"그 녀석, 성 말고 이름은 뭐야?"

"히로시야. 이시하라 히로시."

지로는 에노키다에게 주소를 알아봐달라고 부탁하고자 전화를 걸었다. 한동안 통화를 하다가 전화를 끊은 지로가 고개를 가로저었다.

"흔한 이름이라 동성동명이 너무 많대. 일단 나이와 주소, 직업과 전과 등을 조회하여 무타가와파와 연관이 있을 만한 인물 목록을 보내주긴 했는데……."

그래도 열 명이 넘는다고 한다. 사람이 너무 많다. 일일이 돌아다닐 시간은 없다.

"……이시하라 히로시."

이름을 되뇐다.

"이시하라 히로시라고?"

린의 머릿속에서 무언가가 번뜩 떠올랐다.

"미사키를 데리고 갔다는 남자의 이름이 이시하라 히로시라고 했지?"

"그래."

남자가 무뚝뚝하게 대답했다.

이시하라 히로시……. 귀에 익은 이름이다.

'얘, 너 그거 아니? 408호네 이시하라 씨 말이야. 무타가와파 야쿠자래.'

그러고 보니 탐문 조사를 벌였을 때 그 맨션에 사는 수다쟁이 주부가 그런 말을 한 적이 있었다.

"……저기, 지로."

린은 혹시나 싶었다.

"나, 그 녀석의 집을 알지도?"

* * *

이시하라를 도발한 덕분에 트럭에 실리는 것만은 면했다. 어디론가 팔려나가는 신세에서는 벗어났지만, 여전히 상황이 좋질 못하다. 이시하라는 미사키의 팔과 다리를 묶은 뒤 차에 태워 어디론가 향했다.

도착한 곳은 오래된 맨션이었다. 이시하라는 미사키를 옆구리에 끼운 채 주변을 두리번거리며 엘리베이터에 탔다. 4층에서 내려 가장 안쪽 집에 들어갔다.

"……다녀오셨어요."

아이의 목소리가 들렸다. 현관에서 신발을 벗고 있는 이시하라에게 소년이 말을 걸었다.

미사키의 모습을 보고 소년의 눈이 동그래졌다.

"걘 누구야?"

"시끄러, 비켜."

이시하라는 소년을 밀쳐내고서 복도를 걸어갔다.

그가 향한 곳은 욕실이었다.

이시하라는 수도꼭지를 틀어 욕조에 물을 채우기 시작했다.

"……감히 어른을 우습게 봤겠다?"

그는 미사키의 입에 붙여뒀던 검정 테이프를 난폭하게 뜯었다. 그러고는 미사키의 몸을 들어 올렸다.

"올려보며 살려달라고 애원해도 이미 늦었다. 이 꼬맹아."

그는 작은 몸을 욕조 안에 내던졌다.

물보라가 일었다. 옷이 물을 빨아들인다. 온몸이 차가운 물에 휩싸인 채로 바닥에 가라앉는다.

팔과 다리가 묶여 있다. 꼼짝도 할 수가 없다.

어떻게든 물 밖으로 고개를 내밀고자 발버둥을 치고 있으니 남자가 위에서 머리를 짓눌렀다. 숨을 쉴 수가 없다. 물이 입과 콧속으로 마구 침입하고 있다.

고통스럽다.

공기가 입 밖으로 달아난다.

고통스럽다.

이제 한계라고 생각했을 때 남자가 팔을 뻗었다. 미사키의 멱살을 붙잡아 끌어올렸다.

"……커헉, 콜록, 켈록."

미사키는 기침을 하면서 물을 토해냈다. 어깨가 들썩일 정도로 숨을 몰아쉬면서 공기를 필사적으로 빨아들인다.

"어서 불어."

남자가 얼굴을 가까이 대고서 물었다.

"넌 누구야?"

남자가 빨리 불라고 호통을 치면서 미사키의 몸을 마구 흔들었다.

"……싫어."

절대로 말하지 않는다. 말해서는 안 된다.

……지로 짱은 내가 지킬 거야.

미사키가 째려보자 남자는 더욱 성을 내며 목소리를 높였다.

"이 빌어먹을 자식이!"

다시 물이 습격한다. 이시하라는 미사키의 머리를 움켜쥐고서 욕조 안에 밀어넣었다.

고통스럽다. 또 숨이 막힌다. 콧속으로도 물이 들어와 찌릿한 고통이 일었다. 미사키는 얼굴을 찡그렸다. 공기가 최대한 새어나가지 않도록 필사적으로 숨을 멈췄다.

10초 뒤, 남자의 힘이 비로소 약해졌다. 물 밖으로 끌어올려졌다. 그리고 또다시 가라앉는다. 이시하라는 그 행동을 여러 번 되풀이했다.

그래도 굴할 수는 없었다. 무슨 짓을 당하든 견뎌낼 것이다.

"콜록, 하, 아."

거친 숨을 진정시키며 미사키는 말한다.

"……당신한테, 할 얘기는, 아무것도 없어."

남자는 부아가 치밀어 미사키의 머리를 더욱 세게 움켜쥐었다. 그러고는 다시금 물속으로 빠뜨리려고 했을 때였다.

"……아버지."

욕실 밖에서 마치 멀리서 말하는 듯한 희미한 소리가 들렸다. 아까 그 소년인가?

이시하라는 손을 멈추고서 혀를 찼다.

"……뭐야."

"누가 온 것 같아요."

인터폰 소리가 울리고 있다. 이시하라는 다시금 혀를 차고서 욕실을 나갔다.

발소리가 멀어져간다.

……바로 지금이야.

발버둥치는 동안에 줄이 느슨해졌다. 미사키는 팔과 다리를 묶었던 밧줄을 풀고서 욕조 밖으로 나갔다.

그 남자가 돌아오기 전에 도망쳐야 한다.

미사키가 복도로 나갔을 때였다.

"그냥 종교를 권유하러 온 거잖아. 이딴 일로 일일이 날 부르지 마."

남자의 목소리가 점점 가까워졌다.

"누가 오면 어른 없다고 그래."

……야단났다, 돌아온다.

이대로 이곳에 있다가는 남자에게 발각이 될 것이다. 미사키는 황급히 눈앞에 있는 일본식 방으로 들어간 뒤 벽장 안에 몸을 숨겼다.

팔로 무릎을 감싸고서 숨을 죽였다.

"……이런 데 숨어봤자 소용없어."

불현듯 장지문 너머에서 목소리가 들리자 미사키는 어깨를 흠칫 떨었다.

들통 났다……. 미사키의 몸이 굳어버렸다.

몸이 흠뻑 젖어 있다는 걸 깜빡했다. 물기를 따라가다 보면 어디에 숨었는지 금세 알 수 있다.

벽장문이 힘껏 열렸다.

"야, 나와!"

이시하라가 그렇게 외치면서 벽장 안으로 얼굴을 들이민다. 그는 팔을 뻗어 미사키의 팔목을 쥔 뒤 난폭하게 끌고 나왔다.

그때와 똑같다. 갑자기 과거의 기억이 되살아났다. 마치 귀신처럼 흉악스러운 이시하라의 얼굴을 보니 4년 전 새아빠의 모습과 겹쳐졌다.

두 가지의 공포가 겹쳐져 눈물이 흐를 것 같았다. 몸이 덜덜 떨린다.

미사키는 이를 악물고서 참아냈다.

어서 저항해야 해. 미사키는 스스로를 북돋고서 남자의 팔을 힘껏 깨물었다. 아주 살점을 뜯어내겠다는 일념으로 턱에 힘을 주었다.

"아악, 끄악, 빌어먹을!"

이시하라가 고통에 겨워하며 외쳤다.

"무슨 짓이야, 이……."

분노한 이시하라가 때리기 시작했다. 얼굴을 세차게 얻어맞자 그 반동으로 몸이 멀리 튕겨졌다. 필사적으로 반격을 해봤지만 허무하게도 다다미 바닥 위에 쓰러졌다. 미사키는 팔로 머리를 지키고자 몸을 동그랗게 말았다. 충격에 대비해 어금니를 꽉 깨물었다.

"이, 잡스러운……!"

이시하라는 주먹을 높이 쳐들었다가 뚝 멈췄다.

또 인터폰이 울렸다. 누가 온 모양이다. 끈질기게도 계속해서 누르고 있다. 아무리 무시하더라도 멈추지 않는다.

"……이번에는 뭐야."

이시하라는 혀를 차고서 외쳤다.

"야, 네가 나가봐!"

이내 아들이 "지금 나가요" 하고 비실비실한 목소리로 말했다.

이시하라는 다시금 미사키를 쳐다본다.

"……나 참. 사람 애 먹이기는."

그는 미사키의 머리채를 난폭하게 잡고서 들어올렸다.

쳐들린 미사키의 코에서 피가 흐르고 있었다. 맞았을 때 혈관이 터진 거겠지. 코피가 뚝뚝 떨어져 바닥을 더럽혀간다.

"야, 어서 말하지 못해?"

이시하라가 비웃었다. 의기양양해하는 얼굴이었다. 아이를 상대로 폭력을 휘둘러 지배를 하고서 그것으로 만족감을 느낀다. 미사키는 그가 바보 같았다. 이 남자도, 자신의 새아빠도, 모두 바보다.

……이런 바보 같은 어른한테 지고 싶지 않아.

미사키는 눈앞에 있는 남자를 노려보며 입을 연다.

"……고작 한 대 때린 정도로 내가 겁을 먹을 것 같아?"

남자가 미간을 찡그렸다.

"뭐라고?"

"이 정도쯤은 아무것도 아냐."

……난 평범한 아이가 아냐.

"인생 경험이 풍부하거든."

미사키는 코피를 손등으로 훔치며 입술을 일그러뜨렸다.

"내가 허세나 부리려고 4살 때부터 학대를 당한 줄 알아?"

이시하라의 낯빛이 바뀌었다.

"……이 새끼가."

그가 다시 팔을 쳐들었다.

"죽여주마."

* * *

그곳은 반바에게 맡기고서 린과 지로는 이시하라의 자택으로 향했다. 예전에 탐문 조사를 벌였던 공원 옆에 있는 맨션 408호.

한밤중이지만 주저 없이 인터폰을 누른다. 응답이 없었지만 그대로 몇 번이고 눌렀다.

잠시 후에 나온 사람은 이시하라가 아니었다. 소년이다. 이시하라의 아들인가?

"안녕, 애야."

지로가 먼저 입을 열었다. 하지만 평상시와 달리 말투는 거칠다.

"아버지, 있니?"

"……없어."

"혼자야?"

소년은 고개를 끄덕였다.

"말을 그렇게 했으면서 안이 시끄러운데."

린은 방 안쪽으로 시선을 돌렸다. 남자가 화를 내는 소리가 들렸다. '이 새끼, 죽여주마' 하는 무시무시한 소리를 지르고 있다.

"실례 좀 할게."

지로는 말리지 말라는 투로 말했다. 그 험악한 기세에 짓눌려 소년은 두 사람을 안으로 들였다.

목소리가 들린 쪽으로 가니 일본식 방이 있었다.

"어른을 가지고 놀다니 죽여주마!"

안에서 노성이 들려왔다.

문을 여니 그곳에는…… 미사키가 있었다.

참혹한 광경이었다. 미사키는 온몸이 젖어 있었다. 얻어맞았는지 얼굴이 피로 얼룩져 있었다.

남자는 그런 그녀의 몸 위에 올라타 당장에라도 때릴 것처럼 으르렁대고 있었다.

그 광경을 본 순간 지로는 이성의 끈을 놓았다.

"……개자식."

노성이 울려퍼진다.

"내 딸한테 감히 무슨 짓이야아아아아!"

지로는 삼각붕대 안에서 부상당한 팔을 꺼내고는 주먹을 불끈 쥐고서 쳐들었다. 왼손으로 남자의 멱살을 잡은 뒤 부상당한 오른손으로 그 얼굴을 냅다 갈겼다.

괴수처럼 괴성을 지르며 지로는 수없이 남자를 때렸다.

살이 으깨지고, 뼈가 부서지는 둔탁한 소리가 들려왔다. 남자의 얼굴은 부어올랐고, 코는 비뚤어졌다. 남자의 코에서 흐르는 코피가 지로의 주먹을 더럽혔다.

남자는 기절했다.

그래도 지로는 멈추지 않았다. 광분하며 내키는 대로 계속해서 때렸다. 린은 멍하니 그 장면을 지켜볼 수밖에 없었다. 지로의 엄청난 박력에 짓눌리고 말았다.

잠시 뒤에 지로의 오른팔에 피가 번지기 시작했다.

그 광경을 보고 린은 황급히 제지했다.

"……야, 그쯤 해둬. 상처가 덧나겠다."

린조차도 다가가기가 꺼려질 만큼 흉폭한 광경이었다.

지로의 상처는 이미 벌어져 있었다. 그 고통도 잊을 만큼 그는 엄청나게 흥분해 있었다. 지로는 남자를 내던지고는 어깨를 들썩이며 숨을 몰아쉬었다.

그 순간 지로는 퍼뜩 정신을 차렸다.

"……미사키!"

쓰러져 있는 미사키에게 달려간다.

그녀는 지로의 품안으로 힘차게 뛰어들었다.

"지로 짱!"

"아아, 정말로 미안해. 무서웠지?"

지로는 미사키를 힘껏 안아주었다.

"미안해, 무섭게 해서 정말로 미안해."

"괜찮아……, 난 괜찮아."

미사키는 지로의 등에 팔을 두른 채 괜찮다는 말만 자꾸 되뇌었다.

"안 무서웠어……, 하나도 안 무서웠어……!"

안 무서웠어, 괜찮아……. 미사키는 그렇게 말하면서도 울고 있었다. 떨고 있었다.

그녀가 얼마나 큰 공포를 겪었는지 린은 짐작이 되었다. 그리 오랫동안 알고 지낸 사이는 아니지만, 미시키의 저런 모습은 처음 본다. 아마 고통스러웠겠지.

그래도 미사키는 애써 강한 척 굴고 있다. 복수대행업자의 딸처럼 굴려고 한다. 지로를 위해서.

지로도 울고 있었다. 미사키가 강한 척 행동할 때마다 괴로워하며 미간을 찡그렸다.

린은 서로 끌어안고 있는 두 사람을 그저 옆에서 가만히 지켜보았다.

……이게 가족인가?

불현듯 그런 생각이 들었다.

지로는 울다가 지쳐서 잠이 든 미사키를 평소보다도 더

세게 끌어안았다.

 차로 돌아가 자그마한 몸을 뒷좌석에 살며시 눕힌다. 미사키는 곤히 자고 있었다. 지로의 얼굴을 보고 긴장이 풀렸겠지.

 린은 조수석에 앉아 옆에 있는 지로를 힐끔 쳐다보며 말한다.

 "괜찮아? 그 팔."

 붕대가 새빨갛게 물들었다.

 "응."

 지로는 부상당한 팔을 힐끔 보고는 쓴웃음을 지었다.

 "그 아이가 겪은 고통에 비하면 별거 아냐."

 차가 서서히 달리기 시작한다.

 지로는 한손으로 운전대를 조작하며 천천히 입을 열었다.

 "……나, 정했어."

 "뭘?"

 "저 아이와 헤어질래. 새 부모를 찾아줄래."

 그 목소리에는 강한 의지가 담겨 있었다.

 아마도 이제 그 결심이 뒤집히는 일은 없겠지.

 "그래? ……그거 아쉽게 됐네."

 어쩔 수 없는 일이다. 지로 나름대로 고심한 끝에 내린 결론일 테니까.

더욱이 미사키의 그 모습을 봤는데 어떻게 자기 곁에 계속 둘 수가 있을까. 엉망진창이 된 모습으로 애써 강한 척 굴었던 그 모습. 아무리 어른스럽다고는 해도 그녀는 아직 초등학생이다. 미사키에게 두 번 다시 그런 고통을 겪게 해주고 싶지 않다고 여기는 게 당연하다. 자신이 지로였다면 틀림없이 같은 선택을 했을 것이다. 평범한 가정에 맡기는 선택을.

그래도 그들이 가족이었다는 사실은 변함이 없다.

"……너, 잘 알고 있잖아?"

"뭘?"

"아이를 키우는 비결."

지로가 옆에서 숨을 삼킨다.

"저 녀석, 아주 잘했어. 훌륭했어."

뒷좌석에서 자고 있는 미사키를 힐끔 보고는 린은 창밖으로 시선을 돌렸다.

"역시 네 딸이야."

지로가 "……고마워" 하고 작은 목소리로 대답했다.

한동안 도로를 따라 달렸을 때였다.

"……그러고 보니."

지로는 문득 어떤 생각이 들었다.

"반바 짱, 괜찮으려나?"

이미 결판이 났겠지. 린은 창밖으로 돌렸던 시선을 거두지 않은 채 대답했다.
"뭐, 괜찮겠지. 그 녀석은."

9회 말

"……야!"

불현듯 목소리가 들리자 사루와타리와 반바는 공격을 멈추었다. 사루와타리는 '한창 신나게 싸우고 있던 참이었는데' 하고 혀를 찼다.

그 무타가와파 젊은 조직원이 총에 맞은 다리를 질질 끌며 다가온다.

"너, 뭐 하는 거야!"

"……아?"

사루와타리는 남자의 얼굴을 째려봤다.

"너 때문에 계획이 수포로 돌아갔잖아!"

카세는 호통을 치며 반바를 가리켰다.

"빨리 저 녀석이나 죽여!"

"지시하지 마. 대체 몇 번을 말하게 하는 거냐!"

사루와타리는 부아가 치밀었다. 정신을 차리고 보니 그의 주먹이 카세의 얼굴에 박혀 있었다.

"커헉."

카세는 비명을 지르고서 땅바닥에 쓰러진다. 그대로 꼼짝도 하지 않았다. 기절한 듯하다.

이로써 방해꾼이 없어졌다. 마음껏 이 녀석과 싸울 수 있다. 사루와타리는 눈앞의 남자를 응시하며 입꼬리를 올렸다.

반바가 트럭을 힐끔 본다.

"아이들 몸 상태가 걱정이야. 구급차 좀 불러도 될까?"

"마음대로 해."

사루와타리가 대답하자 그는 휴대전화를 꺼냈다.

"아~ 여보세요? 시게마츠 씨? 아이들을 실은 트럭을 발견했는데 지금 와줄 수 있나? 아, 구급차도 부탁해. 위치는……"

마지막에 "어, 잘 부탁해" 하고 말한 뒤 반바는 전화를 끊었다. 그러고는 고개를 사루와타리 쪽으로 돌렸다.

"10분쯤 뒤에 도착한대."

문제없다.

"그럼 1분 안에 정리해주지."

사루와타리는 다시 닌자도를 쥐고 자세를 취했다.

……자, 죽여볼까.

시합 재개다.

사루와타리는 히죽 웃으며 닌자도를 높이 쳐들었다.

두 사람은 재빨리 간격을 좁혔다. 칼과 칼이 맞부딪치고 금속음이 울려퍼진다. 사루와타리는 그대로 몸을 돌리며 상대의 칼을 쳐냈다.

상대는 한 걸음 물러선 뒤 자세를 가다듬었다. 그러고는 일본도를 이쪽으로 겨눈 채로 다시 달려들었다.

사루와타리는 품속에서 재빨리 수리검을 꺼내 던졌다. 첫 번째는 빗나갔다. 그러나 두 번째는 궤도가 나쁘지 않다. 반바의 얼굴을 향해서 곧장 날아간다.

반바는 자신에게로 엄습하는 검은 덩어리를 칼집으로 쳐냈다. 그러고는 그 칼집을 사루와타리에게 던진다.

사루와타리가 몸을 기울여 칼집을 피한 순간, 등 뒤에서 기척이 느껴졌다. 어느새 반바가 뒤에 서 있었다. 사루와타리는 몸을 반쯤 돌리며 닌자도를 휘둘렀다.

"……제법인데?"

"너도 마찬가지."

두 사람은 서로를 보고 히죽 웃은 뒤 다시금 거리를 띄

운다.

……자, 다음에는 어떻게 공격을 할까.

사루와타리가 닌자도를 고쳐 쥐자 불현듯 반바가 입을 열었다.

"어라라?"

손목시계를 보고서 도발적인 표정을 짓는다.

"벌써 1분은 지난 것 같은데?"

"……시끄러."

그때였다. 경찰차와 구급차의 사이렌이 희미하게 들려왔다. 사루와타리는 벌써 왔냐며 혀를 찼다. 소리가 점점 가까워진다. 더는 이곳에 머물 수가 없다.

"이걸로 결판을 내주지."

사루와타리는 사방수리검을 들고서 상대를 쳐다봤다. 암기를 다 쓴 바람에 이거 하나밖에 남지 않았다.

"점수는 1점 차. 9회 말, 투아웃 만루. 풀카운트."

내야와 외야 모두 전진수비. 한 방이면 굿바이 역전도 가능하다.

"삼진을 잡아내면 내가 승리. 쳐내면 네가 승리."

"좋지."

반바도 히죽 웃는다. 일본도를 두 손으로 쥐고서 높이 쳐들었다. 마치 타자처럼.

"덤벼봐."

……승부가 걸린 일구.

사루와타리는 투구 자세에 들어갔다. 발을 앞으로 크게 내딛으며 몸을 기울인다. 땅바닥에 닿을락 말락한 위치에서 검은 덩어리를 던진다.

직구(스트레이트)가 아닌 변화구(싱커)다. 이 공으로 헛스윙을 유도해주마.

저번에 싸웠을 때와 똑같은 상황이다. 사루와타리가 던진 수리검이 상대의 손 부근에서 크게 가라앉으며 다리에 꽂힌다. ……그런 궤도를 그리며 날아갈 것이다.

그러나 수리검을 던진 순간 사루와타리는 아차 싶었다.

……반바의 자세가 바뀌었다.

지금껏 반바는 몸 왼쪽을 투수에게 내보이는 자세……, 즉 우타자 자세를 취했었다.

그러나 지금은 반대다. 몸 오른쪽을 사루와타리에게 내보이고 있다. 좌타자 자세다.

……대체 언제부터 스위치히터가 된 거야?

놀라워하는 사루와타리 앞에서 반바가 일본도를 휘둘렀다. 한 손으로 도를 쥔 채로 팔을 뻗어 간신히 일본도 날을 수리검에 가져다댄다. 크게 휘두르지 않고, 공을 아슬아슬하게 몸 쪽으로 끌어당긴 뒤에 맞추기만 하겠다는 스윙이었다. 반바는 타자에게서 도망치듯이 궤도를 튼 수리검을 떠올리듯이 때려냈다.

수리검이 투수 쪽으로 날아간다.

사루와타리의 얼굴을 향해 반바가 되받아친 수리검이 날아든다. 바로 움직이긴 했지만, 완벽하게 피하지는 못했다. 수리검은 사루와타리의 뺨을 스치고서 뒤에 있던 트럭 차체에 꽂혔다.

……맞았다.

사루와타리는 아연실색했다.

혼신의 힘으로 던진 공을 상대가 되받아쳤다. 반응조차 할 수가 없었다.

"아싸!"

반바가 주먹을 불끈 쥐었다.

"내가 이겼지?"

반바는 일본도를 어깨에 올린 채 의기양양해했다.

"젠장."

사루와타리의 입에서 욕지거리가 새어나왔다.

설마 되받아칠 줄이야. 저번 싸움 이후에 대책을 마련한 모양이다.

"똑같은 수는 내게 안 통해."

반바가 웃었다.

"……닥쳐."

사이렌 소리가 바로 근처까지 다가왔다. 빨리 물러나야만 한다.

사루와타리는 닌자도를 주운 뒤 발걸음을 돌렸다.

"다음에는 내가 이긴다. 똑똑히 기억해둬."

연장 10회 초

미사키 유괴사건이 벌어진 지 일주일이 지났다.

남자에게 얻어맞아 생긴 얼굴의 멍도 이제야 흐려졌다. 그녀는 예전처럼 평범한 생활을 보내고 있다. 보내게 하고 있다고 말하는 편이 맞을지도 모른다. 남겨진 시간이 그리 많지 않았다.

총에 맞은 오른팔은 아직 다 낫지 않았지만, 삼각붕대는 풀었다. 지로는 손목시계를 봤다. 아직 11시가 되지 않았다.

지로는 후쿠오카 시내의 한 패밀리레스토랑 앞에 서 있었다. 오늘은 여기서 어떤 사람과 만나기로 했다.

"……타나카 씨?"

상대는 약속한 시간보다 10분 일찍 왔다.

"예."

지로는 고개를 끄덕이고서 자신에게 말을 건 두 사람을 쳐다본다. 샐러리맨처럼 입은 온화하게 생긴 남성과 기품이 있는 여성이 서 있었다. 두 사람 모두 40대 초반쯤으로 보인다.

저 두 사람……, 마츠시마 부부는 미사키의 새 부모 후보자다.

따뜻하고 상냥할 것 같은 부부. 그런 분위기였다. 첫인상은 나쁘지 않았다.

"들어가시죠."

지로는 두 사람과 함께 가게 안으로 들어갔다.

저번 사건이 지나간 뒤에 지로는 어느 업자에게 미사키에게 잘 맞는 새로운 가족을 찾아달라고 부탁했다. 그리고 업자는 지로가 제시한 몇몇 조건과 부합하는 마츠시마가를 찾아냈다.

그 업자에게는 규칙이 하나 있는데, 최종결정을 앞두고 의뢰인과 새부모가 면담할 수 있도록 자리를 주선해준다. 실제로 만나서 이야기를 나누며 아이를 맡겨도 될 만한 인물인지 판단하는 날. 그날이 바로 오늘이었다.

"어서 오세요. 세 분이시죠. 담배는 피우시나요?"

패밀리레스토랑 점원이 묻자 부부는 동시에 고개를 가

로저었다.

"저도 안 피워요."

지로도 덧붙였다.

"그럼 금연석으로 안내해드리겠습니다."

점원은 세 사람을 안쪽 자리로 안내했다.

그동안 업자가 모든 연락을 중개하고 있었기에 이렇듯 마츠시마 부부와 직접 이야기를 나눠보는 것은 처음이다. 지로는 자리에 앉은 뒤 두 사람에게 고개를 숙였다.

"오늘 먼 걸음을 해주셔서 정말로 감사합니다."

마츠시마 부부는 니가타에 살고 있다. 오늘 면담을 하고자 부부는 후쿠오카까지 발걸음을 해준 것이다.

"당치도 않습니다."

남편이 고개를 살짝 가로저었다.

"얘기를 들었을 때는 정말로 꿈만 같았습니다. 미래의 우리 아이를 위해서라면 그 어떤 곳이든 기꺼이 날아가야지요."

그렇게 말해주니 마음이 편하다.

"……미사키 말입니다만, 실은."

여러 말들을 주고받은 뒤에 지로는 본론으로 들어갔다.

"그 아이는 오랫동안 새아버지한테서 학대를 받아왔습니다."

두 사람은 살짝 놀란 뒤 가엾다는 듯 미간을 찡그렸다.

"어려운 마음을 갖고 있는 아이라서 끈기 있게 어울려줄 수 있는 분께 맡기려고 합니다."

"걱정할 필요 없습니다."

남편이 말했다.

"제 아내는 카운셀러 자격을 갖고 있거든요."

"그러셨습니까?"

지로는 놀란 척을 했다. 이미 에노키다에게 부탁하여 마츠시마 부부에 관한 정보를 알아본 뒤였다. 그들이 어떻게 살아왔는지 이미 뒷조사를 해두었다. 아내인 유키에는 결혼 전에 중학교 스쿨 카운셀러로서 일했었다. 집단따돌림이나 가정 문제로 상처를 안고 있는 아이들을 치유하고자 고심해온 모양이다.

에노키다가 조사한 바에 따르면 마츠시마 부부는 뒷세계와 아무런 연관이 없는, 지극히 평범한 가정이라고 한다. 기록만 봤을 때는 피붙이 중에 수상한 자는 없다. 남편이 경영하는 회사도 깨끗하고, 수익도 안정되어 있다.

"틀림없이 미사키 짱한테 도움이 될 겁니다."

"우린 오랫동안 아이를 갖길 바라왔습니다."

아내가 입을 연다.

"하지만 제가 아이를 가질 수 없는 몸이라서……."

"당신 탓이 아냐."

남편은 아내의 어깨를 감싸고서 미소를 지었다.

"미사키 쨩을 꼭 행복하게 해주겠습니다."

남편이 그렇게 말하자 아내도 고개를 힘껏 끄덕였다.

"약속드릴게요."

지로는 상상했다. 두 사람 사이에 있는 미사키의 모습을. 상냥한 부모 슬하에서 살뜰한 보살핌을 받으며 행복하게 살아가는 그녀의 미래를.

"……감사합니다."

……정했다.

저 두 사람이라면 틀림없이 미사키를 소중히 길러주겠지.

그들에게 내 자식을 맡기자.

"미사키를 잘 부탁드립니다."

지로는 일어서서 고개를 깊숙이 숙였다.

연장 10회 말

"……너희들한테 실망했다."

야마자키 쿠니오는 그렇게 말하고서 일주일 전쯤 발행된 아침 신문으로 탁자를 세게 내리쳤다. '연쇄아동유괴, 범인 체포'라는 머리기사를 보고 산조는 얼굴을 찡그렸다.

기사 안에 잘 아는 이름이 실려 있었다. '무직·카세 유우타를 체포했다'고 적혀 있다. 산조를 비롯한 조직원들은 수사가 조직에게까지 미치지 못하도록 잘 아는 경찰을 매수하여 죄를 붙잡힌 카세에게 모조리 뒤집어씌웠다.

"이번 건을 무마하려고 대체 얼마나 돈을 쓸지 아나?"

발견된 트럭이 야마자키 운수의 소유물이었기에 쿠니오도 꽤나 고생을 한 모양이다. 평소에는 온화했던 그의 얼굴이 오늘은 귀신 같았다. 상당히 분노한 모양이다.

"드릴 말씀이 없습니다."

산조는 고개를 깊숙이 숙였다.

최악의 사태나. 이번 사건 때문에 무타가와파가 입은 손실은 예상보다 막심했다. 인신매매업자와의 거래가 실패했을 뿐만 아니라 야마자키 운수의 신뢰까지 잃어버릴 지경이다.

쿠니오는 늘 만나는 찻집에서 산조 맞은편 자리에 앉으며 본론으로 들어간다.

"그래서. 할 얘기가 뭔가?"

"실은……."

산조는 요 일주일 동안 미친 듯이 복수대행업자를 쫓았다.

"복수대행업자한테 딸이 있다는 걸 알아냈습니다."

"그게 뭐 어쨌다고?"

산조는 떨떠름해하는 쿠니오에게 제안했다.

"그 딸을 미에코 씨한테 바치려고 하는데 어떻겠습니까?"

균열이 나버린 야마자키 운수와의 관계를 수복하기 위해서는 야마자키 사장의 딸의 원한을 갚아주는 수밖에 없다. 그렇게 하면 그의 마음도 다소 풀리겠지.

"……과연."

비로소 쿠니오가 흥미를 보였다.

"그걸로 이번 실수를 만회하겠다 이건가?"

"최소한의 사죄입니다."

쿠니오는 잠시 생각하다가 이윽고 고개를 끄덕인다.

"복수를 하면 미에코의 마음도 풀어질지 모르지. 그런데 그 딸을 어떻게 유괴할 셈이지?"

"유괴는 안 합니다. 복수대행업자 본인한테서 건네받는 겁니다."

쿠니오가 이맛살을 찌푸렸다.

"무슨 의미지?"

"복수대행업자가 새로운 양부모를 찾고 있습니다."

이시하라는 복수대행업자의 얼굴도, 그 딸의 얼굴도 보았다. 설마 우연히 유괴했던 여자애가 복수대행업자의 딸이었을 줄은 생각도 못했지만.

우선 산조는 딸의 신원을 조사했다. 이시하라의 이야기에 따르면 딸은 초등학교 저학년쯤으로 보인다고 했다.

그래서 산조는 여러 정보꾼을 고용하여 후쿠오카 시내의 모든 초등학교를 샅샅이 조사했다. 돈은 들었지만, 그 복수대행업자의 딸을 발견했고, 현재 살고 있는 맨션의 위치까지도 알아냈다.

곧바로 그 딸을 유괴하려고 시도했지만, 방비가 단단했다. 저번 사건 때문에 복수대행업자의 경계심이 커졌는지 딸에게 경호원을 붙인 듯했다. 등하교 때마다 덩치가 큰 흑인이 차로 데려다주고 있다.

한동안 복수대행업자의 행동을 지켜보다가 의외의 사실을 알아냈다. 복수대행업자가 양부모 소개업자와 만난 것이다. 아무래도 딸을 양부모에게 보내려는 모양이다. 산조는 그 소개업자에게 돈을 쥐어주고는 본인이 양부모 후보자인 척 복수대행업자와 만나기로 했다.

지금까지의 자초지종을 들려주자 쿠니오가 씁쓸한 표정을 지었다.

"아주 의심이 많은 자야. 양부모의 신원도 조사했겠지."

그 정도쯤은 알고 있다. 이미 대책도 세워놓았다.

"니가타에 제 이부(異父) 동생이 살고 있습니다. 아내와 둘이서 사는데, 아직 자식을 보지 못했죠. 하지만 지극히 평범한 가정입니다. 아내는 카운셀러로 일한 적이 있습니다. 사례금을 주어 그들의 이름을 빌린다면 저쪽에서 신원을 조사하더라도 의심을 살 일이 없을 테죠. 다행히도 저와 동생은 생김새도 닮았습니다. 얼굴까지 조사했더라도 속일 수 있습니다."

실제로 계획은 성공했다.

고급 클럽을 운영하는 지인이 거느리고 있는 호스테스 중에서 동생 아내와 비슷하게 생긴, 고상한 여자를 고용했다. 머리도 영리해서 딱 한 번 설명을 해줬을 뿐인데도 자신이 어떻게 처신해야하는지 완전히 파악했다. 그리고 연기력은 말할 것도 없었다.

복수대행업자는 깜빡 속아넘어가 산조를 양부모로 대했다.

내일 밤 8시에 딸을 넘겨받기로 했다. 복수대행업자는 지정한 곳으로 대리인을 보내겠다고 했다.

"잘 될까?"

쿠니오가 미심쩍어하며 물었다.

"예. 반드시."

잘 되게 만들 것이다. 산조는 강하게 고개를 끄덕였다.

연장 11회 초

이별의 시간이 다가오고 있다.

이렇게 둘이서 한 식탁에서 밥을 먹는 건 이번이 마지막이다. 그 사실도 모른 채 눈앞에 있는 소녀는 평소처럼 오므라이스를 볼이 미어지도록 먹고 있다.

"맛있니?"

지로가 묻자 미사키는 고개를 끄덕였다.

"응."

"그래, 다행이네."

지로는 턱을 괴고서 미사키를 물끄러미 쳐다봤다. 이 광경을 보는 게 오늘이 마지막이니 뇌리에 새겨둬야만 한다.

옛날이 떠올랐다. 이곳에 처음 왔을 때 미사키는 의자에 앉지 않았다. 새아버지는 꼭 식탁에서 밥을 먹을 때마다 폭력을 가했었다. 그래서 그녀는 저녁을 먹는 것을 두려워했다. 식탁에 앉는 것을 싫어했다.

그랬던 그녀가 지금은 이렇게 밥을 먹고 있다. 그것만으로도 족하다.

불현듯 미사키가 입을 열었다.

"지로 짱이 처음으로 먹여줬던 음식도 오므라이스였는데."

"그러고 보니 그랬구나."

'패밀리레스토랑 요리였지만' 하고 지로는 쓴웃음을 짓는다.

"그 오므라이스도 무지 맛있었지만, 역시 지로 짱이 해준 오므라이스가 최고야."

"그러니? 기쁘네."

지로가 미소를 지었다.

미사키는 쉴 새 없이 수저를 입에 가져갔다.

그러다가 문득 멈췄다.

미사키가 눈을 치뜨고서 이쪽을 쳐다보고 있다.

"……저기, 지로 짱."

"왜 그러니?"

"왜 울어?"

그 말을 듣고서야 비로소 지로는 자신이 울고 있다는 걸 깨달았다.

"……어머머."

황급히 눈시울을 훔친다.

"왜 이럴까?"

미사키가 화들짝 놀란 것 같은 반응을 보였다. 영리한 아이다. 이미 눈치챘겠지.

"지로 쨩……, 내 몸에, 뭘 한 거야……?"

주스 안에 수면약을 타놓았다.

졸음이 몰려오는 모양이다. 미사키의 몸이 휘청거린다. 그녀는 식탁 위에 엎어져 그대로 잠에 들었다.

"……미안해, 미사키."

지로는 자그마한 머리에 손을 뻗었다.

"안녕."

머리카락을 부드럽게 쓰다듬고서 입맞춤을 했다.

"지금까지, 고마웠어."

인터폰이 울렸다. 손님이다. 현관으로 가서 문을 연다. 린이 서 있었다. 제시간에 맞춰서 왔다.

"뒷일을 부탁해."

　　　　　＊　＊　＊

"네게 부탁이 있어."

지로에게 그 말을 들은 건 어젯밤이었다.

"내일 밤에 양부모한테 미사키를 보내기로 했어. 네가 그 일을 맡아줬으면 해."

역시 자신은 미사키를 돌볼 수가 없다. 지로는 그렇게 말했다. 도중에 마음에 흔들릴지도 모른다. 미사키를 양부모에게 보낼 자신이 없다. 그래서 이 중요한 역할을 타인에게 맡긴다고 했다.

"무슨 말인지는 알겠는데."

부탁을 받자 린은 고개를 갸웃거렸다.

"그런데 왜 하필 나야? 반바나 마르나, 그밖에 부탁할 사람이 많잖아?"

린이 물었다.

"그 사람들은 미사키한테 무르거든."

지로는 쓴웃음을 지었다.

이튿날 린은 약속한 대로 미사키를 데리러 지로의 맨션에 갔다.

자고 있는 미사키를 안고서 택시에 탄 뒤 양부모와 만나기로 한 곳으로 향한다.

택시에서 내린 뒤 린은 미사키를 업고서 약속장소인 공원으로 향했다. 벤치에 작은 몸을 뉘이고서 옆에 앉는다. 양부모가 올 때까지 아직 시간이 남아 있다.

잠시 뒤에 미사키가 일어났다.

"깼냐?"

미사키는 아직 잠에서 덜 깼는지 흐리멍덩한 눈으로 두리번거리고 있었다.

"……여긴, 어디?"

아까 전만 해도 자택에 있었는데 지금은 공원 벤치 위에 있다. 이 상황이 이해가 되지 않았다.

"지로한테 부탁을 받았어. 널 양부모한테 보내달라고."

"……양부모?"

"그래. 넌 오늘부터 새 가족과 살게 돼."

그 말을 듣고 미사키의 낯빛이 바뀌었다.

"말도 안 돼."

당장에라도 울음을 터뜨릴 것 같은 얼굴로 린에게 따져 묻는다.

"어째서?"

"이번 사건으로 너도 잘 알았겠지? 우리가 사는 곳이 얼마나 위험한 세계인지를."

그녀는 아직 초등학생이지만, 눈치가 빠른 아이다. 린의 말을 듣고 자신에게 무슨 일이 벌어졌는지 모두 이해한 눈치였다.

"싫어!"

미사키가 일어서서 외쳤다.

"아무 데도 안 가! 나, 지로 짱이랑 있을래!"

"앉아."

린이 날카로운 목소리로 명령했다. 일부러 살기를 담아서 쳐다보니 미사키는 숨을 삼켰다.

"제발 내 말 좀 들어. 완력을 쓰고 싶지 않아."

린은 한숨을 작게 내쉰 뒤 미사키의 어깨에 손을 올렸다. 그녀는 얌전히 벤치에 앉았다.

마음은 잘 안다. 왜 이렇게 이별해야 하는지 납득이 되질 않겠지.

린은 입술을 깨물며 눈물을 참고 있는 미사키에게 살며시 말을 걸었다.

"너랑 지로 덕분에 하나 깨달은 게 있어."

"……뭔데."

미사키가 고개를 숙인 채로 물었다.

지난번에 벌어졌던 사건을 돌이켜본다. 그때 울면서 서로를 끌어안던 두 사람의 모습이 지금도 린의 머릿속에 강하게 남아 있었다.

"피로 이어져 있지 않더라도 가족이 될 수 있구나."

'그 녀석의 말이 맞잖아' 하고 린은 쓴웃음을 지었다.

* * *

이대로 있다가는 지로와 영영 헤어지게 된다.

미사키는 어떻게든 해야 한다고 생각했다. 그래도 린을 뿌리칠 자신이 없었다.

만약에 이곳에서 달아나려고 한다면 그는 어떤 수단을 써서든 자신을 붙잡을 것이다. 그게 가능한 남자다. 그래서 지로는 그를 선택했다.

더욱이 도망쳐본들 뭘 어쩔 건데?

자신에게는 지로의 옆 말고는 머물 곳이 없다. 그런데 지로 본인이 자신과 헤어지길 원한다. 결국에는 양부모에게 보내지게 될 것이다.

어찌할 수가 없다. 몸에서 힘이 빠져나간다. 미사키가 벤치에 얌전히 앉아 있자 린은 장하다며 고개를 끄덕였다.

"지로가 네 짐을 맡겼어."

린은 미사키가 애용하던 빨간 가방을 건네주었다. 방생회에서 놀다가 받은 경품이지만, 마음에 들어서 줄곧 쓰고 있다. 그 안에는 휴대전화와 지갑이 들어 있었다.

어린이용 휴대전화를 만지작거린다. 등록되어 있는 연락처 개수가 꽤 줄어들었다는 것을 깨달았다.

"……다른 사람들의 번호가 없어."

지로뿐만이 아니다. 마르티네스와 반바, 에노키다……, 라멘즈 멤버의 연락처가 휴대전화 안에서 말끔히 지워졌다. 주고받은 메일과 통화 이력, 촬영한 사진까지 전부.

"지로가 지웠어. 뒷세계 인간과 이어질 만한 정보는 없는 편이 낫다고 판단했겠지."

린이 대답했다.

갑자기 고독이 엄습해온다. 모두와 함께 있었던 세계에서 떨어져 나온 것 같아서 오한이 느껴질 지경이었다.

"지로 때문에 네가 위험해질지도 몰라. 반대로 누군가가 널 미끼로 내세워 지로한테 피해를 줄지도 모르지. 그래서 이렇게 한 거야. 넌 바보가 아냐. 내 말이 무슨 뜻인지 알지?"

미사키는 조용히 고개를 끄덕인 뒤 고개를 숙였다.

잘 안다. 그 사람은 자신을 위해서 이렇게 한 것이다.

"넌 아직 꼬맹이야. 아무것도 못해."

분하긴 하지만, 린의 말이 맞았다.

무지하고 무력하다. 아이가 할 수 있는 일은 한정되어

있다.

"하지만, 뭐……. 앞으로 힘을 기르면 되잖아?"

예상치 못한 말에 미사키는 고개를 홱 들었다. 눈을 동그랗게 뜨고서 린의 얼굴을 쳐다본다.

그는 짓궂게 웃고 있었다.

"자."

그가 하얀 종이를 건넸다. 전화번호가 적혀 있다.

"지로의 번호야."

미사키의 눈이 더욱 동그래졌다.

"……어?"

"지로한테는 비밀이다?"

린이 입꼬리를 올렸다.

"어째서……."

어째서 이런 짓을?

미사키가 놀란 채 굳어 있자 린이 타이르듯이 말한다.

"일단은 이제부터 평범한 생활을 경험해봐. 어쩌면 그런 생활이 네게 더 잘 맞을지도 모르잖아? 평범한 생활을 맛봤는데도 복수대행업자와 함께 사는 위험천만한 생활이 좋다면 그때는 각오를 굳혀."

"각오?"

"선을 넘을 각오 말이야."

린이 말을 잇는다.

"우리 같은 인간들은 아무리 발버둥을 쳐도 행복한 인생을 보낼 수가 없어. 범죄자니까."

우리……. 린은 킬러다. 반바도, 겐조도 킬러였다. 에노키다는 정보꾼이고, 마르티네스는 고문사.

그들은 모두 각오를 품으며 살고 있다.

지로 역시, 그렇다.

"이번 사건 때문에 넌 아주 혹독한 꼴을 당했잖아? 그딴 건 우리한테는 일상다반사야. 너도 그런 생활을 보낼 각오가 생기거든……."

린은 종이를 쳐다보며 말했다.

"그 번호로 전화해. 데리러 와달라고."

미사키는 하얀 종이를 꽉 쥐었다.

"어른이 되고 힘을 기른다면 또 만나러 와. 네 진짜 가족을."

그때까지는 잠시 이별이다.

미사키는 고개를 끄덕였다. 번호가 적힌 종이를 가방 안에 소중하게 넣었다.

"……자, 왔다."

린이 턱짓을 했다.

"저게 양부모야."

돌아보니 이쪽으로 걸어오는 남자의 모습이 보였다.
"여기서 작별이네."

연장 11회 말

"정말로 오는 거죠? 그 아이가?"

뒷좌석에 앉아 있는 야마자키 미에코가 담배를 피우며 물었다.

"예."

운전대를 쥔 채로 앞을 바라보며 산조가 대답한다.

"오늘 그 공원에서 만날 예정입니다."

"만약에 안 오면 어떻게 되는지 알죠?"

미에코는 담배꽁초를 차창 틈새로 던진 뒤 새것을 입에 물었다. 벌써 네 개비째다. 아들이 죽은 뒤로 골초가 됐다는 쿠니오의 말이 아무래도 사실인 모양이다.

그녀의 오만한 태도에 부아가 치밀었지만, 산조는 고개

를 끄덕였다.

"물론입니다."

지금 향하는 곳은 약속장소인 어느 작은 공원. 그 아이가 기다리고 있다.

공원 앞에 도착하자 산조는 도롯가에 차를 세웠다.

"여기서 기다리십시오."

산조는 차에서 내리면서 미에코에게 말했다.

"아이를 데리고 오겠습니다."

공원 안을 나아가니 벤치가 보이기 시작했다. 그곳에 젊은 여자와 작은 소녀가 앉아 있다. 복수대행업자의 대리인과 딸인 미사키다.

산조는 그곳으로 다가가 웃으면서 고개를 숙였다.

"안녕하세요. 마츠시마입니다. 미사키를 데리러 왔습니다."

여자는 벤치에서 일어나 "뒷일을 부탁해" 하고 대답했다. 그러고는 미사키의 머리에 손을 올리고서 "그럼 또 봐" 하고 말한 뒤 떠나갔다.

미사키는 그 뒷모습을 아쉬워하며 쳐다봤다.

"그럼 갈까?"

산조가 손을 내밀자 미사키는 조용히 고개를 끄덕이고서 잡아주었다. 낯을 가리는 것 같기는 하지만, 의심을 하는 것 같지는 않았다.

소녀의 손을 잡고서 차로 돌아간다.

미에코가 뒷좌석에서 내려 기다리고 있었다.

"처음 뵙겠어요, 미사키."

그녀가 애써 웃음을 지었다. 미사키 앞에서 쪼그려 앉아 얼굴을 들여다본다.

"오늘부터 우리가 네 가족이야."

미에코는 미사키를 끌어안은 뒤에 "어서 가자" 하고 뒷좌석에 태웠다. 그러고는 작은 몸에 안전벨트를 채워주었다.

산조는 운전석에 탔다. 백미러를 힐끔 보자 웃으면서 미사키에게 말을 걸고 있는 미에코의 모습이 비쳤다. 마치 진짜 자기 자식을 대하는 것 같았다. 속에서는 천불이 날 지경일 텐데. 여자는 참 무섭구나 싶었다.

복수대행업자의 눈앞에서 딸을 고문하는 것이 미에코의 바람이었다. 자기 자식이 당했던 것처럼.

그래서 이 아이에게 의심을 사지 않고 복수대행업자에게 연락을 하도록 유도해야 한다.

……계획이 시작되었다.

"아, 맞다."

문을 잠그고 차를 앞으로 몰기 시작했을 때 미에코가 무언가가 떠오른 척을 했다.

"실은 네 아버님한테 깜빡하고 말하지 못한 게 있어. 연락을 하고 싶은데 전화번호를 알려줄래?"

그러자 미사키가 순순히 고개를 끄덕였다.

"이거."

그녀가 가방 속에서 하얀 메모지를 꺼내 미에코에게 건넸다.

"아빠의 전화번호."

"고마워."

미에코는 미소를 지으며 휴대전화를 꺼냈다. 곧바로 종이에 적힌 번호로 전화를 걸었다.

"……여보세요?"

연결이 된 모양이다. 갑자기 미에코의 음색이 바뀌었다.

"안녕, 복수대행업자 양반."

그 말을 들은 순간 미사키의 얼굴이 굳어졌다. 산조는 백미러를 통해 그 광경을 지켜봤다.

"당신의 소중한 딸을 내가 데리고 있어. 당신의 귀엽디귀여운 미사키를 왜 내가 데리고 있게?"

미에코가 입술을 일그러뜨리며 말했다.

복수대행업자는 할 말을 잃었는지 아무 말도 하지 않는 듯했다.

"이봐, 듣고 있어? ……뭐, 좋아. 지금부터 내가 말하는 곳으로 혼자 나와. 좋은 걸 보여줄 테니까."

그녀는 장소를 말한 뒤에 반드시 혼자서 오라고 신신당부를 했다.

"자, 아버지한테 목소리를 들려주렴."

그녀는 휴대전화를 미사키의 얼굴에 댔다.

"……빨리 구해주러 와."

미사키가 두려워하며 입을 열었다.

"제발."

산조와 미에코는 교외에 있는 으슥한 폐창고에 들어갔다. 건물 밖에는 무장을 시킨 조직원 두 명을 배치해놓았다.

"나 참, 가증스러운 꼬맹이네."

화가 치민 미에코가 의자에 앉힌 미사키에게 말을 내뱉었다.

"빨리 죽여버리고 싶어."

그녀의 오른손에는 권총이 쥐어져 있다. 무타가와파가 유통하는 상품이다.

"네 아빠가 내 쇼타를 빼앗았어."

그녀가 총구를 미사키의 뺨에 들이밀었다.

"복수해주겠어. 네 아빠 눈앞에서 널 고문해주겠어. 머리털을 잡아 뽑고, 살갗을 벗기고, 살점을 썰어서……. 울며불며 애원하는 네 아빠의 모습을 보고 싶지 않니?"

깔깔대며 웃는 미에코 앞에서 미사키는 그저 입을 다물고 있었다.

역시 복수대행업자의 딸이나. 우는 소리를 전혀 내지 않는다. 그 모습이 같잖아서 미에코는 배알이 꼴렸다. 그녀는 담배를 물고서 불을 붙였다.

"늦네, 대체 어디서 뭘 하고 있는 거야."

잠시 뒤에 자동차 엔진 소리가 들려왔다.

"우와, 사랑하는 아빠가 와주셨단다."

미에코는 미사키를 보며 말하다가 순간 얼굴이 굳어졌다.

"······뭐가 우습니?"

······미사키가 웃고 있었다.

눈을 가늘게 뜬 채 어깨를 들썩이고 있다.

산조와 미에코는 서로를 보며 미간을 찡그렸다.

"멍청한 여자 같으니."

미사키는 미에코를 올려다보며 이를 내보였다.

"아들도, 엄마도 구제불능이야. 그 엄마에 그 아들이라는 말이 딱 맞다니까."

"뭐라고······."

미에코의 얼굴이 심하게 일그러졌다.

바로 그때 남자의 비명이 들려왔다.

조직원의 목소리다.

"아직도 눈치를 못 챈 거야?"

미사키가 입꼬리를 올렸다.

"아까 그 전화번호는 아빠 게 이냐."

아까 그 전화번호……. 미에코에게 건네준 쪽지를 말하는 건가?

산조의 눈이 휘둥그레졌다.

"뭐라? 누구 전화번호야?"

미사키는 입구 쪽을 보고 있었다.

"저 사람."

창고 통용문이 열린다.

"아니……"

모습을 드러낸 사람을 보고 산조는 할 말을 잃었다.

……피에로다.

이내 이시하라의 말이 떠올랐다.

'기묘한 녀석이었습니다. 피에로 같은, 우스꽝스러운 복장을 입고 있었는데.'

그 바에서 카를로스와 조직원들을 습격했던 남자임에 틀림없다.

피에로는 조직원 하나를 인질로 잡고 있었다. 목에 나이프를 대고 있다.

"여, 미사키."

피에로가 이쪽으로 다가왔다.

"구해주러 왔어."

"멈춰!"

그렇게 외친 산조는 곧바로 총을 들어 피에로를 겨눈다. 다가오지 말라며 위협한다. 그러나 쏠 수가 없었다. 부하를 총알받이로 삼고 있어서.

"어머나."

기이한 옷을 입은 남자를 보고 미에코가 비명을 질렀다.

"뭐, 뭐야, 저 녀석은."

"내 친구."

미사키가 대답했다.

단순한 친구가 아니라는 걸 알고 있다. 이 남자는 아마도 노마파 조직원을 죽인 범인과 동일인일 것이다. 그런 살인마와 이 아이가 연결되어 있었던 건가?

산조는 고개를 가로저어 생각을 지웠다. 현재 그런 건 아무래도 좋다. 문제는 왜 피에로가 여기에 있느냐는 것이다.

"가방 안에는 전화번호가 적힌 쪽지가 두 장 있었어. 당신들이 진짜 양부모였다면 진짜 연락처를 건넸을 거야. 그때 그 마술처럼."

산조의 속내를 꿰뚫어본 것처럼 미사키가 트릭을 밝혔다.

미에코가 전화를 건 상대는 복수대행업자가 아니라 피에로였다. 그렇다면 다시 말해서······.

"······우리가 양부모가 아니라는 걸 눈치챘다?"

미사키가 미에코에게 연락처를 건네준 것은 차에 탄 직후였다. 그 시점에서 저 아이는 이미 자신들의 정체를 간파했다는 건가?

"당연하잖아."

미사키가 코웃음을 쳤다.

산조가 힐문한다.

"어떻게, 어떻게 알았어?"

"담배냄새."

미사키는 그렇게 말하고서 미에코를 노려봤다.

"냄새가 구려, 아줌마. 아주 골초지? 차 안에도 냄새가 지독해서 견딜 수가 없었어. 그래서 이상하다고 생각했지."

그렇다. 분명 미에코는 오랫동안 담배를 피워왔다.

"그 사람은 내 양부모로 흡연자를 택하지 않아."

미사키의 말을 듣고 산조는 눈을 희번덕거렸다. 가짜 양부모라는 걸 간파했으면서도 일부로 속은 척 굴었다는 건가?

산조는 혀를 찼다. 덫을 놓았다고 생각했는데, 설마 도리어 덫에 걸릴 줄이야. 더욱이 이런 아이에게.

"······메케, 미안해. 친구를 이용해서."

미사키는 피에로를 쳐다봤다.

"그래도 다음에 메케가 곤혹스러워지면 내가 도와줄게. 무조건 힘이 되어줄게."

산조는 그녀의 얼굴을 보고 말을 잃었다.

이 세상에 이런 애가 있다니.

이토록 냉정한 눈빛을 지닌 아이가.

"그러니까 부탁해, 메케."

미사키가 말한다.

"……이 사람들을 모조리 죽여."

메케라고 불린 그 피에로가 웃으면서 고개를 끄덕였다.

"친구의 부탁,"

그는 모자챙을 집고서 살짝 예를 표했다.

"기꺼이,"

이내 피에로가 움직였다.

모자를 벗어 이쪽으로 던진다. 그 순간 모자 안에서 무언가가 폭발했다. ……연막탄이다. 새하얀 연기가 이 일대에 퍼져나간다.

갑자기 시야가 가려진 바람에 제자리에 우두커니 서 있으니 여자의 비명이 들려왔다. 미에코의 목소리다.

젠장. 어떻게든 이 연기 속에서 도망쳐야 한다. 산조는 뒤쪽으로 달리기 시작했다.

아마도 미에코는 무사하지 못하겠지.

느닷없이 시야에 사람 실루엣이 비쳤다. 이쪽으로 오고 있다.

산조는 이내 총을 뽑아 방아쇠를 당겼다.

총성과 함께 남자의 외침이 울려퍼진다.

……이 목소리는, 부하다.

젠장. 산조는 숨을 삼켰다. 녀석이 아니었나?

이윽고 연기가 거쳤다. 시야가 서서히 트이기 시작한다.

피에로도, 미사키도 사라졌다.

창고 바닥에는 미에코와 조직원이 널브러져 있었다. 둘 다 피를 흘린 채 죽었다.

……어떻게 이런 일이.

산조는 애가 탔다. 계획은 실패했다. 그뿐만이 아니라 야마자키 사장의 소중한 딸인 미에코마저도 죽게 했다. 이 사실이 알려진다면 쿠니오가 가만히 있지 않겠지. 틀림없이 자기 목숨을 노릴 것이다. 살해될지도 모른다.

도망쳐야 한다. 어디론가 멀리. 야마자키 운수의 추적이 미치지 못하는 곳으로.

산조는 차에 탄 뒤 운전석 쪽 문으로 손을 뻗었다. 차창에 초췌한 얼굴이 비쳤다.

안전벨트를 매고 가속페달을 밟았다.

그러나 차가 움직이지 않는다.

설마? 타이어를 터뜨려놓은 건가?

문득 등 뒤에서 인기척이 느껴졌다. 백미러를 힐끔 보고 산조는 눈을 뒤집었다.

……거울 속에 그 피에로가 있다.

하얀 얼굴이 이쪽을 쳐다보며 히죽거리고 있다.

알아차렸을 때는 이미 늦었다. 뒷좌석에서 붉은 팔이 휙 나왔다. 피에로는 나이프를 쥐고서 산조의 목을 그었다. 피가 뿜어져 앞유리를 새빨갛게 물들였다

녀석은 휘파람을 불고 있었다.

주역 인터뷰

"……왜 그리 울고 있는 게야. 한심하기는."
겐조가 커다랗게 한숨을 내쉬었다.
"스스로 정한 일 아닌가?"
"……울긴 누가 울어요."
지로가 코를 훌쩍이며 대꾸했다.
집에 혼자 있으니 쓸쓸해져서 알코올의 힘이라도 빌릴까, 하고 겐조네 포장마차를 찾았다. 그러나 술을 마실 기분이 나질 않았다.
아까부터 자꾸만 미사키 생각만 난다.
겐조의 말이 맞다. 한심하다. 스스로 정했으면서 마음을 다잡지 못하다니.

"……이걸로 됐어요."

"아직도 미련이 있는 게야?"

"아뇨."

지로는 고개를 작게 가로짓고서 자기 자신을 타이르듯이 다시 말했다.

"됐어요, 이걸로."

자신은 틀리지 않았다. 미래가 있는 그 아이를 올바른 길에 들어서게 했으니.

다만 오늘밤만은 익숙해질 수 없는 외로움 속에 이 마음을 빠뜨리고 싶다.

그런 지로의 심정을 알아주었는지 겐조가 잔을 눈앞에 내려뒀다.

"자, 마시거라."

겐조가 맥주를 따르며 말한다.

"내가 사지."

지로는 눈을 가늘게 뜨고서 잔을 향해 손을 뻗었다.

"그래요, 건배하죠."

……그녀의 새로운 출발을 축하하며.

"건배."

지로가 잔을 들어 올린 그때였다. 전화가 걸려왔다. 황급히 맥주잔을 내려두고서 휴대전화를 꺼냈다.

"여보세요?"

"……지로 짱."

수화기에서 들리는 목소리에 눈이 휘둥그레졌다.

미사키다.

말도 안 돼. 어떻게 이 번호를? 휴대전화 연락처는 모조리 지워뒀을 텐데.

놀란 나머지 말이 나오지 않았다.

그러자 그녀가 입을 열었다.

"데리러 와."

전화를 끊고 지로는 바로 차를 몰았다.

그녀가 말한 곳은 후쿠오카시 외곽에 있는 폐창고였다. 통용문 앞에 남자 사체가 있었다. 세워진 차 안에도 남자가 죽어 있다.

대체, 여기서, 무슨 일이 있었던 거지?

불온한 분위기 속에서 경계하며 통용문을 열었더니 안에 미사키가 있었다. 의자에 앉아 있다.

지로의 모습을 발견하자 그녀는 일어섰다. 그녀의 발치에는 남자와 여자, 두 명의 사체가 널브러져 있다.

사체에 둘러싸인 채 미사키는 지로를 기다리고 있었다. 지금쯤 양부모와 새로운 생활을 시작했어야 할 그녀가.

대체 그녀의 신변에 무슨 일이 벌어진 거지?

"미사키."

피웅덩이를 피하며 자식에게 달려간다.

그녀의 옷이 피로 더럽혀져 있어서 지로는 눈이 휘둥그레졌다.

"대체 어떻게 된 거야, 이게……."

"사람을 죽였어."

그 말을 듣고 더욱 놀랐다.

"주, 죽이다니."

피를 뒤집어쓴 건가? 설마 이 사체는…….

지로가 화들짝 놀라 바닥을 둘러보자 미사키가 고개를 가로저었다.

"내가 아냐. 다른 사람한테 부탁했어."

미사키는 자초지종을 설명했다. 린이 공원으로 자신을 데리고 가서 양부모와 만나게 했다. 양부모가 가짜였다. 도와달라고 사람을 불렀다.

그 뒤에 지로에게 전화를 걸었다.

"……그랬구나."

지로는 고개를 숙였다.

양부모의 정체를 간파하지 못했다. 어리석은 자기 자신에게 화가 치밀었다.

"난 또 널 고통스럽게 해버렸구나."

그녀로 하여금 선을 넘게 해버렸다. 한심한 자신에게 신물이 난다.

"네게 사람을 죽이게 하다니……. 최악이야."

"그렇지 않아. 지로 짱은 하나도 안 나빠."

미사키는 고개를 가로젓고서 강한 투로 말을 잇는다.

"내가 선택했으니까."

죽이지 않을 수도 있었다. 그러나 죽이기로 결정했다. 미사키는 그렇게 말했다.

"만약에 지로 짱이 나랑 함께 지낼 수 없다고 한다면 나 자수할게."

"말도 안 돼……."

저 작은 입에서 당치도 않은 말이 튀어나오자 지로는 아연실색했다.

"괜찮아. 지로 짱의 이야기는 한 마디도 하지 않을 테니까."

그런 문제가 아니다. 자기 따윈 어찌 되든 상관없다.

"아, 안 돼!"

이제야 제정신을 차리고서 입을 연다.

"안 돼, 절대로, 그렇게 하도록 놔두지 않을 거야."

"그럼 앞으로 나랑 함께 있어."

그건 불가능하다.

지로가 그렇게 대답하려고 하자 미사키가 가로막았다.

"지로 짱, 난 각오가 되어 있어."

그녀가 강한 눈빛으로 쏘아보자 숨이 막힐 뻔했다.

그녀는 진즉에 각오를 굳히고 있었다.

각오를 굳히지 못했던 사람은 자기였다. 그걸 깨닫게 해주었다.

한동안 침묵이 흘렀다.

"……그래."

지로는 목소리를 쥐어 짜냈다.

이 아이는 못 당하겠구나 싶었다. 저도 모르게 웃음이 새어 나왔다.

"알겠어, 나도 각오를 했어."

아버지로서, 복수대행업자로서 그녀를 어엿하게 키우겠다는 각오 말이다.

"자, 집으로 돌아가자. 쿠로 짱이 기다리고 있어."

지로가 손을 내밀자 미사키가 안도한 표정을 지었다. 지로의 손을 세게 쥐고서 여자 사체를 폴짝 뛰어넘었다.

폐창고 밖으로 나와 차에 올라탔을 때…….

"……아, 맞다."

미사키가 무언가 생각이 난 모양이다.

"저기, 지로 짱."
"왜 그러니?"
"미사, 친구가 생겼어."
"어머, 진짜?"
대체 언제? 지로는 놀랐다.
"잘 됐네. 다음에 데리고 와."
"……응."
미사키는 고개를 끄덕이고서 웃었다.
눈이 부실 만큼 천진난만한 웃음이었다.

승리감독 인터뷰

 이제 곧 프로야구 페넌트레이스도 끝이 난다. 그러나 사회인 야구를 하기에는 더할 나위가 없는 계절이다. 그야말로 스포츠의 가을. 겐조는 벤치에 앉아 상쾌한 기분으로 그라운드를 둘러봤다.
 벤치 앞에서는 반바와 미사키가 캐치볼을 하고 있다. 포물선을 그리고 있기는 하지만, 미사키가 던진 공은 반바의 글러브에 정확하게 들어갔다.

"오~."

반바가 감탄했는지 목소리를 높인다.

"미사키, 야구에 소질이 있네."

그 말을 듣고 초등학생 소녀가 나이에 걸맞는 웃음을 지었다.

"진짜?"

"진짜, 진짜. 에이스급이야. 사이토도 방심하다가는 자리를 뺏기겠는데."

미사키는 다른 멤버와 마찬가지로 라멘즈의 유니폼을 입고 있다. 어린이용 사이즈를 주문했다.

옆 벤치에서는 에노키다와 지로가 담소를 나누고 있다.

"미사키 짱, 소년야구팀에 들어갔다면서?"

에노키다가 묻자 지로는 수긍했다.

"그래. 일주일에 두 번씩 연습을 해. 토요일과 일요일이 시합 날인데, 시합장과 집을 오가느라 바쁘다니까."

말은 그렇게 하면서도 지로는 어쩐지 기뻐하는 눈치였다.

"오호, 그래? 포지션은?"

"지금은 외야."

지로는 미사키를 힐끔 보고서 쓴웃음을 짓는다.

"본인은 유격수를 하고 싶어하는 모양이지만."

"유격수는 모두가 선망하는 포지션이긴 하지."

겐조는 팔짱을 낀 채 고개를 끄덕였다. 동경하는 그 마음을 알 것 같다.

그때였다.

"……뭐라고?"

벤치 앞에서 몸을 풀던 린이 옆에서 끼어들었다.

"그렇게 포물선을 그리며 송구를 하는데 누굴 아웃시킬 수 있겠냐?"

미사키를 향해 야유를 보내고 있다. 어른스럽지 못한 남자다.

"유격수를 우습게 보는 거냐?"

린이 놀려대자 부아가 치민 미사키가 대꾸했다.

"우습게 본 적 없어."

"네게 유격수는 무리무리."

미사키가 입꼬리를 올리며 말한다.

"언젠가는 주전 자리를 꿰찰 거야."

"흥. 영원히 못 넘겨줘."

린이 코웃음을 쳤다.

불꽃을 튀기는 두 사람을 보면서 겐조는 잔웃음을 지었다.

지금까지 라멘즈에서 포지션 경쟁이 벌어진 적은 없었다. 먼 미래에 감독이 시합 오더를 어떻게 짤지 고민하게 될 날이 올지도 모르겠다.

"기대가 되는구먼."

구름 한 점 없는 푸른 하늘을 올려다보던 겐조는 미래를 생각하며 가늘게 눈웃음을 지었다

"……그때까지 살 수 있으려나."

작가 후기

 매번 이런 말씀을 드려서 송구스럽습니다만, 이 작품은 허구입니다. 부디 양해해주시길 바랍니다.
 바로 얼마 전에 1권으로 등단한 것 같은데 어느덧 시리즈 5권이 출간되었습니다. 감개무량합니다.
 2권은 코믹하게, 3권은 시리어스하게, 매번 다른 맛을 내려고 고민하면서 여기까지 왔습니다. 사이버 범죄물을 다룬 4권이 비교적 산뜻한 이야기였기에 이번에는 약간 사이코틱한 미사키의 모험담을 다루었습니다. 약하지만, 강인한 미사키의 모습을 즐겨주셨다면 다행이겠습니다.
 지로가 품고 있던 문제를 1권에서 살짝 언급하기는 했습니다만, 설마 이렇게 깊이 다루게 될 줄은 당초에는 전혀 예상하지 못했습니다. 미사키 쪽에 약간 포커스가 집중되기는 했습니다만, 그들의 결단을 이렇듯 지켜볼 수가 있어서 대단히 기쁩니다. 이 졸저를 구입해주시고, 1권부터 쭉 성원해주신 독자 여러분께 진심으로 감사드립니다

  4권을 출간한 뒤에 3개월 만에 신작이 출간되었습니다. 개인적으로 가장 빠른 페이스였고, 첫 도전이었습니다. 야구로 예를 들자면 지금껏 엿새마다 등판을 하다가, 느닷없이 사흘 만에 등판을 하게 된 선발투수의 마음이었습니다. 일정이 빠듯해서 다소 허둥댔지만, 언제나 그렇듯 담당편집자인 와다 님과 엔도 님, 바쁘신 와중에도 멋진 일러스트를 그려주신 이치이로 하코 님, 그밖에 많은 분들이 도와주신 덕분에 이렇듯 무사히 독자 여러분들께 보내드릴 수가 있었습니다. 정말로 감사합니다.

  마지막으로 알려드립니다. 월간 「G판타지」에서 만화판이 연재되기 시작했습니다. 부디 만화판도 즐겨주시길 바랍니다. 다음에도 「하카타 돈코츠 라멘즈」를 잘 부탁드립니다!

키사키 치아키

하카타 돈코츠 라멘즈 5

초판 1쇄 발행 2024년 11월 20일

지은이_ CHIAKI KISAKI
일러스트_ HAKO ICHIIRO
옮긴이_ 박춘성

발행인_ 최원영
본부장_ 장혜경
편집장_ 김승신
편집진행_ 권세라 · 최혁수 · 김경민 · 최정민
편집디자인_ 양우연
국제업무_ 박진해 · 조은지 · 남궁명일
관리 · 영업_ 김민원 · 조은걸

펴낸곳_ (주)디앤씨미디어
등록_ 2002년 4월 25일 제20-260호
주소_ 서울시 구로구 디지털로 32길 30, 코오롱디지털타워빌란트 1301-1308호
전화_ 02-333-2513(대표)
팩시밀리_ 02-333-2514
이메일_ lnovellove@naver.com
ㄴ노벨 공식 카페_ http://cafe.naver.com/lnovel11

HAKATA TONKOTSU RAMENS Vol. 5
©Chiaki Kisaki 2015
First published in Japan in 2015 by KADOKAWA CORPORATION, Tokyo.
Korean translation rights arranged with KADOKAWA CORPORATION, Tokyo,
through Korea Copyrights Center Inc.

ISBN 978-89-267-9910-9 04830
ISBN 978-89-267-7747-3 (세트)

값 12,000원

*이 책의 한국어판 저작권은 (주)한국저작권센터(KCC)를 통한 KADOKAWA CORPORATION와의
독점 계약으로 (주)디앤씨미디어에 있습니다.
저작권법에 의해 한국 내에서 보호를 받는 저작물이므로 무단전재와 복제를 금합니다.

*잘못된 책은 구매처에 문의하십시오.